Klaus Buttinger/Dominika Meindl

Die Sau

Ein voll arger Heimatroman

KEHRWASSERVERLAG

Gesamtherstellung: _free(agents
Covergestaltung: Michael Moder
Druck: CPI Moravia Books GmbH

ISBN 978-3-902768-01-2

Für Julia, Nora und Emil
meine Nachfahren.
Klaus Buttinger
Für Josef und Anneliese
meine Vohrfahren
Dominika Meindl

Die Sau – ein voll arger Heimatroman

Vorwort

Eine der dümmsten Volksweisheiten, die mir in meinem nunmehr auch schon ein paar Jahrzehnte dauernden Leben untergekommen ist, lautet: Am Ende ist man gescheiter. Tatsächlich ist es so, dass kein Esel je in den Bach gefallen ist und Klügere gut daran tun, nicht nachzugeben in Zeiten, da der Fleiß längst schon keinen Preis mehr hat und wahrscheinlich sowieso nie einen hatte.

Aber ich will mich nicht beschweren. Das Leben hat es schlussendlich gut mit mir gemeint. Nun, da ich meinen Weg gefunden habe, ist es Zeit, meine Kindheit aufzuarbeiten, von der man heute sagen würde, sie sei eine schwere gewesen. Rückblickend bin ich auch nicht mehr oder weniger traumatisiert worden als meine Altersgenossen, die in den düsteren Tagen zwischen der Befreiung Österreichs vom Hitlerfaschismus und der Befreiung der Musik durch die Rolling Stones aufgewachsen sind. Meine Traumatisierung war nicht schwerer als jene derer, die das Schicksal an die Gestade klösterlicher Pädagogik geschwemmt hatte. Meine war anders.

Das wurde mir wieder detailliert bewusst, als ich meine Aufzeichnungen von damals wieder gelesen habe. Ich war zwölf, als ich sie geschrieben hatte. Vielleicht war es nicht klug, die Sache aufzurühren. Ich tat es eher mit der Absicht, die Erlebnisse einzuordnen, so wie man Belege aus einer Schachtel irgendwann sortiert, letztmalig abheftet und dem Verstauben in irgendeinem Kellerregal anheim stellt.

Ich fühlte mich nicht in der Lage, meine eigene Kindheit allein abzuklären. Ich brauchte Hilfe. Ich fand sie in Gestalt der Philo-Psychologin Mag[a] Monika Mendl. Sie ist ziemlich gescheit.

Hiob Faustinger (58)

Saustechen I

Am Anfang war das Wort und das Wort ist Saufleisch geworden und hat unter uns gewohnt.

Im Herbst haben wir drunt vorm Stall das Schwein gestochen, und der Onkel Karli, der was ein Fleischhacker ist, hat Blutwürscht gemacht. Das Schwanzerl und die Ohrwascheln von der Sau hat der Hund gekriegt. Mein Bruder Franzl und ich durften mit den Sauaugen Anmäuerln spielen.

Dem Bertl, der was unser Knecht ist seit zwei Lichtmess', ist das Saustechen immer auf den Arsch gegangen. Weil er hat die Darm waschen müssen, damit der Onkel Karl was zum Einfüllen für den Blunzenbatz gehabt hat. Und das schlatzige Zeug riecht ja nicht grad so würzig wie das Deppenkräutl vom Opa. Das hat er beim Strohstadl angebaut, wo wir uns nie herumtreiben dürfen haben. Weil die Oma immer gesagt hat, es ist eh bis in die Haut hinein genug, dass der alte Zausel dauernd des Klumpert pofelt und hustet wie ein Reiher. Wir sind dafür zu jung, hat sie gesagt, wir sollen zuerst einmal das Saufen lernen.

Mein Bruder und ich haben das Saufen schon einmal heimlich probiert, aber von der Flaschen von der Oma ihrem Nussgeist ist uns so schlecht geworden, dass wir in den Sautrog hineingespieben haben. Das hat die Sau aber nicht umgebracht. Gestorben ist sie von was anderem, nämlich vom Onkel Karl seinem scharfen Schlachterfeitl in der Gurgel.

Zu uns auf den Hof gekommen ist die Sau, als sie noch ganz klein war. Mein Bruder und ich haben sie Klara genannt, weil sie auf einem Aug blind war. Sieht sie halt mit dem anderen Aug klara. Das haben wir witzig gefunden.

Grau-weiß war das blinde Aug, mit dem ich das Anmäuerln gewonnen hab. Der Franzl hat mit dem roten Aug gespielt. Ich glaub, ich behalt mir das Aug als Erinnerung und Glücksbringer in der Hosentaschen.

Jedenfalls ist mit dem Klara-Fackerl auch ein kleiner Eber mit auf unseren Hof gekommen. Den haben der Vater und die Mutter gleich einmal kastriert. Die Mutter hat die Röcke in die Höhe gehoben und das Fackerl zwischen die Knie gezwickt, damit der Arsch zum Vatern schaut. Also der von dem Viech. Mit dem Taschenfeitel hat der Vater das Sackerl aufgeschlitzt, die Goggerl herausgedruckt und abgeschnitten. Der junge Eber, den wir dann Herbert getauft haben, weil es ihn noch so lang herbärt hat nach dem Schneiden, hat geschrien wie am Spieß, obwohl die Ferkel am Spieß eigentlich nimmer mehr schreien, wenns einmal drauf sind. Die sind ja immer schon vorher hin.

Die Mutter hat dem Herbert, der furchtbar gstrampelt hat, dann einen Batzen Schmalz auf das blutige Sackerl geschmiert und ihn in den Saustall geschmissen. Der Franzl und ich haben schon ein bisserl große Augen gemacht, wie wir das gesehen haben. Darauf hat die Mutter gesagt: „Des ghert si so, damit er net so stinkt, der Saubär, der dreckate!“

Die ästhetisch-psychologische Dekonstruktion der „Sau". Eine poststrukturalistische Lektüre Hiob Faustingers autobiographischer Aufzeichnungen. Von Mag.[a] Monika Mendl, Psychophilosophin.

Kategorisierung: Von den ersten und letzten Dingen

Das Wort kommt in die Welt, fleischgeworden in der Sau: Faustingers autobiographische Erzählung beginnt sogleich mit einer blasphemischen Paraphrase des christlichen Mythos von der Inkarnation des Gottessohnes aus dem logos[1]. Das Wort wird Materie, aber nicht als Fleisch und Blut des Heilands, sondern als das einer Sau. Eines wird sich weisen: Ganz in mephistophelischer Manier schleicht sich das Unheil in Form eines Tiers ins Handlungsgefüge; hier nicht als Pudel mit üblem Kern, sondern als Sau mit trübem Auge. Sie ist auf einem Auge blind, doch als Einäugige Königin unter jenen, die ihrer privaten Apokalypse blind ins Auge blicken, wie wir später noch sehen werden.

Ihr mentaler Vorsprung hilft der Sau wenig; sie geht einem kassandrinischen Schicksal[2] entgegen. Eben in die erzählte Welt geworfen, fällt sie sofort der existenziellen Negation anheim. Konkret: Der fleischlichen Manifestation des zur Sau gemachten Signifikats folgt flugs wieder deren Dekonstruktion[3] – äußerst sinnfällig wird Klara in ihre schmackhaften Einzelteile zerlegt.

Das Schwein, also die Sau, beherrscht den vorliegenden Text auf sämtlichen textuellen Ebenen und drängt sich als Hebelpunkt für alle weiteren Lektüretätigkeiten auf. Das Saustechen an der Textoberfläche steht symbolisch für die Faustingersche

[1] *Vgl. Joh 1,1 ff.: „Am Anfang war das Wort".*
[2] *Kassandra wird von Klytämnestra erdolcht, laut aktuellen Studien mit einer antiken Vorform des Speckmessers.*
[3] *Jacques Derrida: Die Stimme und das Phänomen. Frankfurt, 1979*

Dekonstruktion überkommener Philosophie, Psychologie und Heimatdichtung. Wir werden im Kommenden also die „Sau" dekonstruktivistisch schlachten und zerlegen. Denn die Dekonstruktion ist die Deutung für die kollektiven Alpträume, die der Schlaf der Vernunft gebiert. Ihr Erfinder Jacques Derrida ist der Fleischhacker-Karl der Postmoderne, sie selbst das Selchspeckmesser in der Gurgel der Moderne.

Zuvörderst fungiert das Schwein als Allegorie sinnlicher Vitalität. Im Gegensatz zu Weltschmerz und Ennui ist der Ekel ein lebensbejahendes Gefühl, auch wenn er subjektiv-landläufig und existenzialistisch[4] als falsch empfunden wird. Befremden und Abscheu sollen also die drastischen Schilderungen insbesondere olfaktorischer Phänomene rustikalen Lebens auslösen.

Mitten im Leben ist jede noch so widerwärtige Vitalität jedoch schon vom Tod umfangen: Die Schilderung der Schlachtung ist zugleich auch die Verhandlung der letzten Dinge. Nirgendwo ist das Sinnliche präsenter als im Ekel, nirgendwo die Präsenz flüchtiger als im Tod. Der Tod der Sau versinnbildlicht das nicht synthetisierbare Auseinanderklaffen von sinnlicher Lebenskraft und abstrakter Ratio gleich von Anbeginn an.

Erhellend die Passage über die Kastration des Ebers durch den Vater unter Beihilfe der Mutter. Die Szene ist eine Chiffre für die Freudsche Dichotomie von Liebe und Tod, Eros und Thanatos. Die stets prekäre, störanfällige humane Sexualität mit ihrer gesellschaftlich mitunter unerwünschten Sprengkraft wird stellvertretend am Tier ausgelöscht. Eine höchst gewaltsame Projektion, die das Unheil antizipiert, das dem Tier durch seine spätere Anthropomorphisierung zukommt.

---

[4]Hier betrat im Übrigen Jean Paul Sartre einen Holzweg, als er den Ekel („La Nausée") als Symptom der Sinnlosigkeit der Existenz interpretierte. Das Gegenteil ist der Fall.

Der Auslöschung anheim fallen in den folgenden Kapiteln aber sowohl Mensch als auch Tier. Eingeleitet wird das Vernichten von animalisch-humanem Leib und Leben durch ein spirituelles Sakrileg.

Eberende

Die Klara und der Herbert waren erst ein paar Monate alt, da ist der Opa gestorben. „An Huasta hot er no gmocht in da Nocht", hat die Oma beim Frühstück erzählt, „an mords Schleimknedl auffagwiagt und nimma mehr gschnauft."

Kasweiß ist der Opa im Bett gelegen. Der Franzl und ich haben mit die Fingerspitzen auf seiner Glatzen geprüft, ob er schon kalt ist. Und das war er auch.

Am Nachmittag sind die Nachbarn in die Stuben gekommen und haben Rosenkranz gebetet. Zuerst waren alle recht leise und haben geweint, aber der Most hats langsam aufgetaut. Am Abend ist es noch recht lustig geworden und die Männer haben sich Tschick gerollt mit dem Opa seinem Kräutl. Die Oma hat am Anfang noch getrenzt und gesagt. „I hob eam und sei Pfeifn eh vü zlong ausghoitn!". Aber dann hat sie langsam auch mit den anderen gelacht und an dem Opa ein paar gute Haare gelassen. „Er wor scho ana vo de Guadn", hat sie einem jedem wissen lassen.

Anderntags haben die Oma und die Mutter den Opa gewaschen und hergerichtet fürs Einsargen. Sie haben ihm den schwarzen Sonntagsanzug angezogen und den Hut mit dem Gamsbart draufgesetzt, obwohl die Mutter gemeint hat, den Gamsbart könnt der Papa auch brauchen, damit wenigstens irgendwas noch steht bei ihm.

Der Opa hat schon ein bissl gerochen, wie ihn der Totengraber hinuntergeführt hat zum Gottesacker. „Grod iatzat muass der obankeln“, hat der Vater gesagt, „wo eh ka Göd im Haus is.“ Die Mutter hat ihn angeschaut wie einen Kesselflicker, mit der Faust auf den Tisch gehaut und geschrien: „Da Opa kriagt a urdentlichs Begräbnis und a gscheite Zehrung, a waun mir dafir den Herbert schlochtn miassn.“

Und so ist der Herbert nicht alt geworden. Statt einem Rindfleisch mit Semmelkren hats einen Schweinsbraten gegeben, nachdem der Pfarrer den Opa eingegraben hat. Der blade Pfaff, so hätt der Opa zu ihm gesagt, hat vom Herbert das größte Stück gegessen.

Die Nachbarn waren auch wieder alle dabei und es war dann eine Gaudi. Ich und der Franzl haben ministriert, aber vom Vatern kein Geld dafür kriegt. „Weu es bleibt jo eh in da Familie“, hat er gesagt. Dafür haben wir eine Halbe Most trinken dürfen. Der Franzl hat sich in die Hose geschissen, aber ich, weil ich der Ältere von uns bin, hab es noch auf den Scherm vom Kirchenwirten geschafft.

Der Vater ist noch lang im Wirtshaus sitzen geblieben und die Oma, die Mutter, der Franzl und ich sind mit dem Knecht heimgegangen. Dabei hat die Mutter geweint und dem Bertl die Schulter von seiner Trachtenjoppen vollgerotzt. „Seids um Hümmös Wülln jo net deppert“, hat die Oma noch zu die zwei gesagt, bevor sie ins Bett gegangen ist.

Kategorisierung: Endelemente

Dem narrativ antizipierten Tod der Sau geht chronologisch jener des Großvaters voran. Statt eines pathetischen letzten

Sprechaktes würgt er würdelos ein Mucin-Konglomerat hervor. Dieser Schleimknödel ist das letzte Symbol der unendlichen Mühsal des Lebens: Noch im Sterben ist die letzte Tat ein Kampf mit der Zumutung.

Der Tod des Ahnvaters wirkt von hier an als psychodynamischer Katalysator für die familiäre Dezentrierung. Hinter der bis zur Betonartigkeit festgefügten Fassade der intersubjektiven Routine (Frühstück) öffnet sich der Blick auf ein fragiles Sozialgefüge. Die Kälte des Hauptes des Verblichenen, welche der Erzähler und sein Bruder dem ungläubigen Thomas gleich nur empirisch-haptisch, aber nicht mental-kognitiv zu fassen vermögen, ist Menetekel einer beginnenden zwischenmenschlichen Eiszeit.

Das regionalspezifische Kultgetränk rund um das Bestattungsritual ist der Most. In seiner Funktion als soziales Schmiermittel löst er die eisige Trauerstarre der Anwesenden. Er löst auch etwas später erhebliche Reaktionen in der Peristaltik der Buben aus – ein illustratives Zeichen für den rituell erwünschten Exzess zwecks Exorzierung des Kummers. Postmortal befindet sich das Kollektiv ja in einer emotionalen Ambiguität (vgl. das Double-Bind der Witwe), die durch gezielten Substanzgebrauch zu lindern ist. Dies gelingt.

Die Form der Präparierung des Leichnams tags zuvor ist eine regionale Schwundstufe altägyptischer Balsamierungstechniken. Der Tote wird in seine „Einser-Panier“, so der lokale Terminus technicus, gewandet und erhält als Grabbeigabe seinen Gamsbart, das Symbol für maskuline Virilität. Umso despektierlicher der mütterliche Hinweis auf die reproduktionstechnische Instabilität und erektile Dysfunktion des Vaters kraft dieser Metaphorik.

Der tote Körper des Großvaters markiert seine sich verflüchtigende sinnliche Präsenz ein letztes Mal olfaktorisch im Ekel (s. Kategorisierung I). Schwindende Präsenz wird auch anderweitig manifest: Pekuniär prekär fällt die Familie das Todesurteil über den zuvor schon kastrierten Eber.

Der Ersatz des rituell obligaten Rindfleisches durch Schweinsbraten[5] ist ein Skandalon im katholischen Volksglauben, das just durch dessen hier agierenden Funktionär am vehementesten vorangetrieben wird. Ein Symptom mehr für den sich abzeichnenden holistischen Umsturz. Ein Fanal des Exzesses, der sich nicht nur vordergründig in Exkrementen an den falschen Stellen erschöpft. Der Verlust des Großvaters, ein freudscher Übervater, bringt die rituell-ethische Stabilisierung des Katholizismus ins Wanken. Eine latente sexuelle Entgleisung bahnt sich an.

Schweinerei

Die Klara war seit dem Tag nach dem Begräbnis vom Opa nie mehr dieselbe. Vorher ist sie nur herumgelegen und hat in aller Stille den Trank gefressen. Sicher, geschmatzt hat sie schon, aber das wars dann auch. Jedenfalls hat die Oma noch immer ein bisserl einen Grant auf den Opa seine Pfeifen gehabt und die Sau aus dem Stall geholt. Auf der linken Stelzen hat sie der Klara einen Strick angebunden und sie mitten in die Deppenkräutl getrieben. Dort hat sie die Sau angestiedelt und ist in die Küche, einen Bunkel machen. Der Franzl und ich haben uns gewundert, weil der Kräutlgarten ja streng verboten war. Und

[5] *Zum Verbot des Verzehrs von Schweinefleisch siehe etwa Moses 3,11: „Und ein Schwein spaltet wohl die Klauen, aber es wiederkäuet nicht; darum soll es euch unrein sein."*

jetzt war die Sau drin. Zuerst hat die Klara nicht gewusst, wie ihr geschieht. Dann hats langsam die Stängel angestupst mit dem Fotz und geschnüffelt. Mit der Zeit hat sie sich über dem Opa seinen Kräutlgarten hergemacht wie über den Nursch. Alle zwanzig Stauden hats gefressen. Mit Putz und Stingl.

Seltsam war dann, dass die Sau danach drei Tag lang geschlafen hat. Nichts hats aufgeweckt, nicht einmal die Stiefeltritt vom Bertl. Schließlich ist sie aber doch munter worden und hat so laut und so lang geschrien, dass dem Vater vor Schreck der heiße Trankkübel aus der Hand gefallen ist. Die Suppen ist der Mutter, die was grad beim Ausmisten war, in die Gummistiefel hineingeronnen. Das hat furchbar gebrannt, und deshalb hat der Vater von ihr eine ordentliche Fotzen bekommen.

Der Opa, der was immer gut auf seine Stauden geschaut hat, „draht si in der Gruam um", hat der Franzl gemeint, wie er hinterm Stadl gesessen ist, was dem Opa sein Lieblingsplatzl war.

„Woaßt nu, was der Opa immer gesagt hat, waun er do sei Pfeifm graucht hat", hab ich den Franzl gefragt.

Und er hat gesagt: „Eh klar. ‚S' Lebm kunnt so sche sei ohne de Orweit, de Pfaffn und de Weiwa!'"

Kategorisierung: Cochonnerie

Semantisches Exerzierfeld Deppenkräutlgarten: Dies ist eine Schlüsselstelle des Textes, in der Klara ihre magischen Potenzialitäten zuteil werden. Der Tod des Großvaters manipuliert die Überlebenden und deren ruhigen Daseinsvollzug. Die ob des Ablebens grollende Großmutter zwingt die bis dahin unreflektiert in ihrer animalischen Selbstgewissheit wesende Klara nach der Ausrottung des Ebers zur Ausrottung des Erbes. Perfide ihr Plan, die eskapismusfördernden Substanzen des Verwichenen just durch die Sau vernichten zu lassen. Gleichsam erneut ein Sakrileg, vgl. Mt 7,6: „Ihr sollt das Heiligtum nicht den Hunden geben, und eure Perlen nicht vor die Säue werfen, auf dass sie dieselben nicht zertreten mit ihren Füßen und sich wenden und euch zerreißen." Nicht direkt wird sich Klara gegen die Frevler wenden, und doch wird die Familie zerrissen werden.

Zunächst verliert die Sau für drei Tage ihr beschränktes Bewusstsein – ein Dornröschenschlaf unter negativem Vorzeichen. Auch die robusten Gegenmaßnahmen des Knechtes vermögen sie daraus nicht zu erwecken. Sie schläft den Schlaf der Unvernunft, aus dem sie mit neuen mentalen Fähigkeiten, gleichsam als pseudohumanes Monster, auferstehen wird.

Ihr penetranter Wieder-Geburtsschrei ist ein Fanal. Er verursacht die slapstickhaft überzeichnete Suppenepisode, in der sich die füßlings mit Tierfutter besudelte Mutter gewaltsam am verursachenden Vater schadlos halten will. Der baufällige Staudamm für destruktive Emotionen erodiert, wie wir sehen werden, nun rapide. Die humane Interaktion verroht, während die animale Akteurin, die Sau, eine rasante hierarchische Aufwertung erfährt.

Noch ein kleiner Exkurs zur spirituellen Bedeutung des Δ9-Tetrahydrocannabinol-Konsums im prämodernen, rustikalen Mitteleuropa. Endocannabinoide wirken als Modulatoren synaptischer Prozesse sedierend, sie linderten also sozialhistorisch die mit der industriellen Revolution einhergehende Beschleunigung des Informationsaustauschs. Zudem sind Cannabinoide antiemetisch und wirken damit der pandemischen Weltübelkeit als Spätfolge des kakanischen Fin-de-Siècle entgegen. Die halluzinogene Wirkung hochdosierten THCs hatte es dem

Großvater zudem ermöglicht, sich als ein mit Willensfreiheit ausgestattetes Individuum zu dünken. Global kann der Anbau THC-hältiger Pflanzen als Opfer der amerikanisch-kolonialistischen Wirtschaftshegemonie erachtet werden. Die mächtigen US-Farmerverbände manipulierten mittels medialer Propagierung die öffentliche Meinung zugunsten des Konsums von Alkohol und Tabak, da sie davon als Anbieter massiv profitierten, vom Hanfanbau jedoch nicht.

Nicht nur die amerikanische Landwirtschaft, sondern auch der Kapitalismus Fordscher Prägung hätte durch THC-Gebrauch Schaden genommen. Dessen Folge ist zum einen die lethargische Verweigerung des Konsumenten gegenüber der Leistungsgesellschaft, zum anderen eine entschleunigte cerebrale Degeneration dank der neuroprotektiven Effekte von Δ9-THC. Unerwünschte Eigenschaften für erwerbstätige Konsumenten als Trägereinheiten eines Wirtschaftssystems.

Analog dazu der zuletzt im Text angeschnittene analytische Diskurs über die Mühen der Sexualität und der Erwerbstätigkeit, den zwei großen, existenzkonstituierenden Geiseln der Menschheit.

Ferkeleien

Immer wenn ich mich an den Großvatern erinnert, sitzt er auf der Sunnbänk, hinterm Stadl bei seine Kräutln und raucht seine Pfeifen. Oft hat er nicht mögen, dass sich wer zuwi sitzt zu ihm. In letzter Zeit aber hat er mich manchmal hingewinkt, weil er ein bisserl reden wollt. Ich warat ja schon bald ein Mann, hat er gesagt, und Männer müssen manchmal reden. Kurz und gescheit reden, nicht so wie die Weiber, die was ja eh nur elendslang tratschen über jeden Schas und hinrennen zu jedem Kaffeehäferl. „Mia Mauna brauchn eine Ruah“, hat der Opa gesagt. „Mia miassn net bei jedm Hundsdaschlogn dabei sein und a amoi de Bapm hoitn. Weu gredt und gschissn is schnö a Haufm.“ Der Mutter und der Oma hat er sogar einmal die Lampen abgedreht, wie sie in der Stuben gesessen sind und nur Blödsinn geredet haben. Und gesagt hat er zu ihnen: „Bei eichan Gredat is' schod ums Liacht.“

Obwohl er nicht viel geredet hat, der Großvater, hat er viel gewusst, wahrscheinlich aus seine Bücher. Richtige Lebensweisheiten hat er verzählt auf der Stadlbänk, und manchmal hat er mich auch getröstet, wenn ich mich angehaut hab oder so was. „Au weh, Bauchweh, Zwetschenkern, wird scho wieda bessa wern“, hat er gesagt und mir auf die Wunden draufgeblasen. Die war mir dann bald wieder wurscht. Außerdem hat der Opa spannende Sachen erzählt, zum Beispiel Weisheiten von der Natur: „In der Finstern, in der Dunkelheit, siacht ma nia so weit, wia bei Tagesliacht, wo ma weida siacht.“

Viel gewusst hat der Großvater auch über den Körper: „Dass ma beim Brunzen net scheißt, des gschiacht meist, dass ma beim Scheißen net brunzt, is wohrlich a Kunst.“

Auch von die Tiere hat er gesprochen: „Du wirst as net glaum, a Kuah scheißt mehr wia a Taum.“

Wenn ihm die Augen schon fast zugefallen sind, hat er manchmal gesagt: „Seis wia's sei, sterbm d Kiah, bleibm d Säu. Sterbm die Faln a, is da Stoi boid la.“

Mit den Bauernregeln hat er es aber nicht so gehabt, der Opa. Das einzige, was er manchmal gesagt hat, war: „Waun da Baua schreit im Stoi, is da Friahling nimma weit.“ Verstanden hat das aber nie wer. Genauso, wenn er gesagt hat: „Beim Glaubm is da Oarsch des hechste.“

Wenn er richtig lustig geworden ist, der Opa, hat er sogar die Quetschen geholt. Aber nur wenn die Oma nicht da war. Die hat das nämlich nicht wollen. Wenn sie woanders zum Leichenwachten war oder sonst wie mit den Weibern zusammen, hat der Großvater Gstanzl gesungen. Zwei weiß ich noch ganz genau auswendig:

„Auweh mei Fuaß,
wann i arweiten muaß.
Wann i zum Tanzn geh,
tuat ma ka Fuaß net weh."

„Mei broadoaschads Dirnei,
i hou di so gern,
mecht wegn deim broan Oasch
a Scheißheisl wern."

Am meisten Freud hat der Opa dem Vatern und mir gemacht, wann er das Lied vom Bauern gesungen hat, der früh aufstehn wollt. Das geht so:

Es wollt ein Bauer früh aufstehn,
wollt naus auf seinen Acker gehen,
fallterieta ra-la-la, fallterieta-ra.

Und als der Bauer nach Hause kam,
da wollt er was zu fressen ham.

Ach, Lieschen, koch mir Hirsebrei,
mit Bratkartoffeln, Spiegelei.

Und als der Bauer saß und fraß,
da rumpelt in der Kammer was.

Ach, liebe Frau, was ist denn das?
Da rumpelt in der Kammer was.

Ach, lieber Mann, das ist der Wind,
der raschelt da am Küchenspind.

Der Bauer sprach: „Will selber sehn,
will selber naus in d Kammer gehen.

Und als der Bauer in d Kammer kam,
stand der Pfaff da, zog sein Hosen an.

„Ei Pfaff, was machst in meinem Haus?
Ich werf dich ja sogleich hinaus."

Der Pfaff, der sprach: „Was ich verricht?
Dein Frau, die kann die Beicht noch nicht."

Da nahm der Bauer ein Ofenscheit,
und schlug den Pfaffen, dass er schreit.

Der Pfaffe schrie, „O Schreck, o Gras!"
und hielt den Arsch zum Fenster raus.

Da kamen die Leut von nah und fern
und dachten, es sei der Morgenstern.

Der Morgenstern, der war es nicht –
es war des Pfarrers Arschgesicht.

So soll es allen Pfaffen gehen,
die nachts zu fremden Weibern gehen.

Und die Moral von der Geschicht:
Trau nicht des Pfaffen Arschgesicht!

Kategorisierung: Verkeilen. Lyrics.

In der posthumen Nostalgie des Erzählers präsentiert sich der Großvater als Wunderkammer rustikaler Aphoristik. Lange hatte er den wahren Umfang seiner Bonmot-Kapazität in eskapistischer Isolation (vgl. „Deppenkräutl“) verborgen, doch mit der progredierenden Adoleszenz des Enkels sieht er die Zeit für dessen intellektuelle Initiation gekommen. Der bislang wortkarge Altbauer erweist sich dabei als Seismograph rezenter zeitgenössischer Geschlechtserforschungen, die erst jüngst verifizieren konnten, dass die Kommunikationsinklination von Frauen jene ihrer männlichen ArtgenossInnen quantitativ und qualitativ übertrifft.

Der Großvater belegt seine Hypothese über das genderspezifische Ausscheiden von Information mit dem erhöhten Ruhebedürfnis seiner Spezies und deren Zartfühligkeit moribunden Hunden gegenüber. In seiner eigenen Kommunikationspraxis verknüpft er verunglimpfend den semantischen Wert des weiblichen Wortstroms mit jenem des elektrischen.

---

[6]Klaus Maria Schwetz und Mulia Anthropos, „The stellar refutation of social and historic hypotheses on communication". In: G/bender Linguistics, S. 69 ff. Das austro-griechische Forscherpaar konnte hier dank interstellar expandierter Genomanalyse den planetar differierenden human-sexuellen Migrationshintergrund nachweisen. Vgl. auch den Essay „Männer sind vom Mond, Frauen auch anders“ der Verfasserin.

Wer seinen Sohn liebt, schlägt ihn[7] – wer seinen Enkelsohn liebt, gibt ihm Ratschläge; so ließe sich die aphoristische Interpretation einleiten. Die tröstenden Worte des Ahnen für schnellere Heilung beziehen sich zurück auf eines der ältesten Dokumente althochdeutscher Literatur, den zweiten Merseburger Zauberspruch aus dem 9. Jahrhundert.[8] Die Sentenz über die tageszeitrelative menschliche Sehkraft ist nicht als redundanter Pleonasmus zu interpretieren, sondern vielmehr als eine manichäische Reflexion über den Dualismus von Licht und Dunkelheit. Das Prinzip der Dialektik prägt generell die Aperçus des Großvaters, so etwa jenes über das kurios-paradoxe Verhältnis von Miktion und Defäkation. Fäkalfreudig-skatologisch auch die großväterlichen Einsichten in das Reich der Fauna.

Im Zustand schwindender Vitalität erschöpft sich jedoch seine Lebenskraft, Fatalismus prägt die entsprechenden verbalen Weisheitsdarlegungen, wie etwa jene über die Relation vom Tod des Viehstandes und der Anzahl der Lebewesen im Stall.

Auf wenig Widerhall stoßen die abstrakten neuen Varianten, die der Großvater dem klassischen Genre der agrikulturellen Algorithmen abgewinnt. Der Aphorismusforscher Klaus von Welser[9] vermutet in seiner Interpretation dieser Textstelle mögliche Einflüsse bzw. die Antizipation der konkreten Lyrik, in der Sprache keine Verweisfunktion mehr hat, sondern selbstreferenziell wirkt. Das erscheint überzogen, zumal sich sodomitisch-regionalspezifische Deutungshorizonte durchaus anbieten.

---

[7] *Jesus Sirach 30,1. Vgl. auch „Wen der Herr liebt, den züchtigt er, wie ein Vater seinen Sohn, den er gern hat." Spr 3,12 bzw. 23,13.*

[8] *MZ2: „Bên zi bêna, bluot zi bluoda, lid zi geliden, sôse gelîmida sîn." Sogar die Metrik hat sich in der ländlichen Heilkunde rudimentär über mehr als ein Jahrtausend hinweg erhalten.*

[9] *In: „Die Sprache des Aphorismus. Formen impliziter Argumentation von Lichtenberg bis Faustinger." Frankfurt a.M. 1986 (Verlag Peter Lang)*

Ein intrinsisches Motiv des großväterlichen Kunstwollens ist die poetische Häresie. So ist auch der Aphorismus vom Sitz des Hinterteils bei der Glaubensausübung zu deuten. Im hier vorliegenden bairischen Dialekt wird mit der Homophonie von „glauben" und „klauben" (dt. „aufheben") gespielt. In der Tat zeigt eine Analyse bevorzugter Arbeitshaltungen bei der Obst-, aber auch Gemüseernte im mittelbairischen Sprachgebiet, dass der Podex kurzfristig die maximale Körperhöhe des Klaubenden darstellt. Die erotisch konnotierte Anrufung des mit ausladendem Dèrriere gesegneten weiblichen Liebesobjekts zeugt ebenfalls von einer Fixierung auf den Glutaeus maximus, die der katholischen Sexuallehre zuwider handelt. Gleichzeitig huldigt die Gesäßlaudatio dem Faktum, dass als welteinzige Spezies der Mensch (und ansatzweise Menschenaffen) über einen Körperteil verfügt, auf dem gesessen werden kann. Ein weiterer Beleg für das Antonym Religion vs. Natur.

Häretisch ist ganz besonders das im Volltext überlieferte Werk Theodor Fritz' und Emil Schmeckenbechers „Es wollt ein Bauer früh aufstehen". Die in simplistischen Endreimen verfassten Verse haben den moralisch-sexuellen Sündenfall des dörflichen Säkularorgans zum Inhalt – durchaus ein wesentliches Motiv auch der vorliegenden Gesamterzählung, wie wir noch sehen werden.

Saujud

Vom Opa haben die Nachbarn und der Pfarrer immer gesagt, er ist ein verkappter Sozi, der was nie Bauer hätte werden dürfen. Gscheiter wär gewesen, er hätt am Hochofen gehackelt. Aber er hat ja ums Verrecken die Oma derheiraten müssen.

Und so ist er ein Erdäpfel- und Saubauer geworden. Wie unsere Mutter auf die Welt gekommen ist, drei Monat nach der Hochzeit, hat er dann nicht mehr auskönnen. Da hat er angefangen auf der Sunnseiten vom Stadl die Kräutl anbauen. So hats der Vater im Winter beim Most erzählt. Und das glaub ich ihm auch. Weil er hat oft mit dem Opa geredet und einen Respekt vor ihm gehabt. „A gscheida Mo", hat er gesagt, „a waun er de Orweit net erfundn hot."

Die Schweindl haben den Opa immer gern gehabt. Wann er in den Stall gegangen ist, hat er sie hinter die Teller gekratzt und für jedes Viech ein gutes Wort gehabt. Bei der Oma war das nicht so. Die Schweindl haben sich vor ihr gefürchtet. Sie hat auch dem Opa seine Bücher nicht mögen. „Steck dein Schädl liaba hinter d' Mistgobö!", hat sie ihn oft geschimpft, wann er gelesen hat in der Stuben.

Einmal hat mir die Mutter erzählt, wie der Großvater auf den Hof gekommen ist. Es hat nämlich die Oma den Hof gehabt und der Opa war ein Zugeheirateter, der was ihr den Hof gemacht hat. „Im Herbscht, im 45er-Jahr war's, wie die Oma den Opa kennaglernt hat", hat's gesagt.

Die Erdäpfeln haben dringend aus dem Boden müssen, aber von die Männer waren noch fast alle fort wegen dem Krieg und der Gefangenschaft und so, und die Oma hat das allein nicht derpackt. Irgendwann in der Früh ist der Opa, der was noch nicht mein Opa war damals, auf den Hof gekommen und hat um eine Arbeit gefragt. Die Oma hat ihn gefragt, wo er her ist. Da hat er gesagt: „Aus'm Kazet."

„Wieso", hat die Oma gefragt.

„Politisch", hat der Opa gesagt

„Da hint is d' Gowö, grob d' Grundbirn aus!", hat die Oma

angeschafft und der Opa hat angerissen, weil er gewusst hat, dass es ein Essen gibt bei der Oma.

Alle Erdäpfel hat der Opa ausgegraben und zusammengetragen. Der Oma hat das getaugt, dass er so tschineullen kann.

Wie das Leben nach dem Krieg normal geworden hat, ist der Opa auch einmal ins Dorf hinunter gegangen zum Wirten. Das war aber nicht angenehm, hat die Oma erzählt. Weil sie sich das Maul zerrissen haben, die angesoffenen Stammtischbrüder.

„Ah, da Kazettla, habedehre", hat der Wirt zur Begrüßung gesagt. Da hat der Opa schon gefressen gehabt.

„Haaßt wos?", hat er gefragt.

„Haaßt, dass du wahrscheinli net umasunst eingschperrt worn bist", hat der Wirt gesagt.

Die Mutter hat erzählt, dass dann der Opa den Wirt am Krawattl gepackt hat. Er hat ihm tief in den Schädel geschaut und ihm aus fünf Zentimeter gesagt: „I bin picken gangen wegn soiche Oarschlecha wia du ans bist."

Ab dann war alles klar zwischen dem Wirten und dem Opa.

Die Oma, die was seit ein paar Jahren gewöhnt war, dass sie allein den Hof schupft, hat keinen Ärger wollen wegen dem Opa im Dorf. Draufhin ist der Opa fort.

Erst ein Jahr später ist der Opa wieder zurück ins Dorf gekommen. Die Oma hat ihn sich ans Herz gedrückt, und er ist derheiratet worden. Im Wirtshaus haben sie ihn aber trotzdem einen Saujud' gerufen, hinter seinem Buckl, sagt die Mutter. „Drum is da Opa nia mehr obi gangen ins Dorf zu de Nazitrottln."

Zu was auch? Er hat oben alles angebaut, was er gebraucht hat.

Kategorisierung: Monogame Kastration und andere Stammeskonflikte

Als retardierendes Moment schiebt sich nun eine Retrospektive ins Sau-Narrativ. Akteure dieser phylogenetischen Stammesgeschichte sind die Großeltern des Erzählers. Signifikant, dass diese just zu dem Zeitpunkt in den Fokus rücken, als das primärfamiliäre Beziehungsgeflecht unter Druck gerät. Eine Analogie zur tatsächlichen Funktion der Großeltern im familialen Kontext: Sie relativieren als vierte Instanz nach dem tertiären Faktor „Vater" die basale Binarität „Mutter-Kind".

In den Fokus rückt auch die Psychobiographie des Großvaters. Seine Sehnsucht nach einem Leben ohne die Vexation durch Triebhaftigkeit, ihre gesellschaftlich erzwungene Sublimation und ihr doch unlöschbares Aufbegehren gegen verallgemeinerte Handlungsmaximen musste er früh als eine utopische Projektion erkennen[10]. Zumal der Großvater selbst die Impulskontrolle suspendiert und sich vor der sozial akzeptierten Zeit reproduziert hatte. Es folgte die Sozialsanktion, die Degradierung vom arrivierten Proletarier zum angeheirateten Bauern und der Freiheitsentzug durch monogame Kastration.

Aus Trauer über diesen Statusverlust durch mangelhafte Triebkontrolle flüchtet sich der Großvater in den Eskapismus. Die „Deppenkräutl" dienen als mentales Fluchtfahrzeug (s. dazu Kategorisierung „Cochonnerie"). Sein Gram bahnt sich reziprok gewendet auch in der Zärtlichkeit zu den Schweinen seinen Weg. Zudem in der Hinwendung zum geschriebenen Wort. Als Negativschablone für diese Systemik dient der Problemfaktor Frau respektive die damit einhergehende Monopolisierung

[10] *Sigmund Freud, Sigmund. Das Unbehagen in der Kultur. Wien: Psychoanalytischer Verlag, 1930*

[11] *Vgl. Spr 11,22: „Ein goldener Ring im Rüssel eines Schweins ist ein Weib / schön, aber sittenlos.*

der Sexualität. Dennoch gilt der Großvater als weise – wohl gerade deswegen, weil ihn Seinesgleichen nicht als vehementen Verfechter der klassischen Werktätigkeit anerkennt. Eine antizipierte Erkenntnis, die sich erst im neoliberalen Derivatsfinanzsystem voll, aber auf negativ gewendete Art verifizieren konnte. Heute arbeiten nur noch das Kapital und Menschen, die das nicht erkannt haben.

Das Rollengefüge der Familie hinkt augenscheinlich schon seit der vorhergehenden Generation an mehreren Beinen. Ungewollt matriarchal organisiert die Großmutter den Besitz, erst ein kalorisches Defizit bindet einen bis dahin nomadisierenden potenziellen Partner. Dies im Übrigen eine zeitraffende Widerspiegelung der neolithischen Revolution, in der das Aufkommen einer agrarischen Vorratswirtschaft die nichtsesshafte Existenz des Menschen als Jäger und Sammler beendet hatte. Das polygame Stammeswesen wurde durch das Bilden von blutsverwandten Familienstrukturen abgelöst.

Die sesshafte Bäuerin ignoriert den ungünstigen sozialen Status des zukünftigen Großvaters und schafft ihm die Option werktätiger Kompensation. Im anachronistischen[12] dörflichen Sozialgefüge „Stammtisch" gelingt ihm jedoch die Akzeptanz nur mangelhaft, sodass sich der Geschmähte ein emotional und agrikulturell autarkes Wirtschaftssystem schafft.

Der Kontext dieser Episode liegt historisch in der ersten Hälfte des 20. Jahrhunderts, als zwischen den Eingeborenen Europas, Asiens und Amerikas ein heftiger Kampf um Jagdreviere entbrannte. Typisch für atavistische Kulturen erhob sich der

[12] *Anachronistisch – doch fungiert das Volksgericht „Stammtisch" in manchen von der Außenwelt abgeschnittenen Gegenden Afghanistans („Loya Jirga") und Österreichs („Kronenzeitung") immer noch als zivilmoralischer Kanon.*

Hegemonialkonflikt nach willkürlicher Festlegung arbiträrer Reizpunkte. Primitive Lebensformen mobilisieren ihre Kämpfe ja stets durch das Antonym „authentisch" vs. „parasitär". Im vorliegenden Fall nach der fiktionalen Fixierung vermeintlich autochthoner Stammesmerkmale.

Zur Illustration: Die Semantik der Signifikanten „arisch" bzw. „germanisch" wurde zwecks Erhitzung des Konfliktherds vom phänotypisch slawischen, migrantischen Stammesführer mit „blond" bzw. „deutsch" neu festgelegt. Eine Falsifikation per Evidenz, d.h. der reality clash zwischen „Herrenmensch" und der führenden Definitionsinstanz, blieb aus, da eine solche an sich wenig komplexe empirische Kulturleistung ein Kennzeichen höher entwickelter Lebensformen darstellt. Insofern sind auch jüngere simplistische ethnologische Ansätze[13] widerlegt, die den Stamm der Germanen als „Volk der Dichter und Denker" bezeichnen, das von einem posthabsburgischen paranoiden Anstreicher und Voodoo-Priester verzaubert worden sei.

Der blutrünstige Furor der Germanen wurde schließlich durch ein Bündnis anderer Stämme terminiert. Diese für die ursprünglichen Aggressoren traumatisierenden und ängstigenden Niederlagen führten im Übrigen zur Verhärtung pseudoethnologischer Halluzinationen, die heute neuropsychologisch als „Strachismen" (vgl. tschech. *strach* für „Angst") bezeichnet werden.

[13] *Vgl. etwa Andreas Mölzer: Europa im rechten Licht. Rechtsdemokraten und Patrioten über Zustand und Zukunft des Kontinents. Wien 2004*

Saugfraster

Was für ein aufregender Tag! Zuerst war unsere neue Lehrerin auf dem Hof, weil sie wollte nur Grüß Gott sagen. Zuerst hat sie mit dem Vatern geredet in der Stubentür und gesagt, dass sie ihn beneidet um das Leben auf dem Land. Weil das ist so mitten in der Natur und an die Erde verbunden und auch ein bisserl wild. Der Vater hat die Fäust fest in die Hosensäck gesteckt und seine Schuhe angeschaut. „Jo, wüd“, hat er gesagt, „wüd samma scho a no maunchmoi.“

Dann ist die Mutter gekommen, hat die zwei angeschaut und die Händ zusammengepascht, die noch voller Teig und Mehl waren vom Erdäpfelnudel Machen. „Wüd wird da auf meim Hof nua ane, und des bin i“, hat sie der Lehrerin gesagt mit einer Stimm, wo der Franzl und ich schon wissen, dass dann bald die Dachteln fliegen. Ich glaube, die Lehrerin hat so eine Stimm schon gekannt, weil sie hat ganz schnell Pfiat Gott gesagt. „Schlampm“, hat die Mutter noch gemurmelt, den Vatern bös angeschaut und ist wieder in die Küche.

Daraufhin war der Vater auch schon wieder grantig, und jetzt hat er es gerade noch gebraucht, dass auch noch der Hias vom Bauernbund auf dem Hof auftaucht. Der ist sicher zwei Mal im Jahr gekommen und hat immer den Vater angescheitelt, was er anbauen soll, welche Viecher er in den Stall stellen und wie man sich beim Scheißen niedersetzen soll. Diesmal wollte er dem Vatern auch eine Zeitung andrehen, die „[redacted] Rundschau“. Weil damit weiß man immer, was los ist in der Gegend, und das ist das Wichtigste, und von der hohen Politik lest nix drin, weil da kriegt man eh nur Kopfweh, nur was der Bürgermeister sagt, steht drin und der Pfarrer und der Gendarm und manchmal auch wer vom Bauernbund. Das warat dann eh genug für zwei Leben, hat der Hias gemeint.

Der Vater hat aber heute keine Nerven gehabt für den Hias und ihm nur kurz gesagt, dass er sich schleichen soll, aber fix. Aber der Hias war heute lästig und hat nicht so leicht aufgegeben. Er hat seine fesche Aktentasche mit die goldenen Schlösser drauf abgestellt und weiter geredet. Die „[redacted] Rundschau“ bringt Kochrezepte für die Gattin, und ein Kreuzworträtsel für die Oma und Testberichte vom Opel Kadett und vom VW Käfer, und außerdem ist jeder ein bisserl deppert, der keine Zeitung lest.

Da darf man sich jetzt nicht wundern, dass über dem Vatern sein Haupt schwarze Wolken gewachsen sind. Gleichzeitig ist die Klara rotaugert dahergetrottet und hat sich genau hinter den Hias gestellt. „Deppert kaun i net sei“, hat der Vater fetzengrantig gesagt, „weu i eh de Scheißzeidung vo eichan Schasverein hob. Oba de is ja net amoi zum Arschauswischen guat.“

„Oba …“ hat der Hias noch einwerfen wollen, da hat ihm der Vater schon einen kommoden Stesser gegeben, der aber gereicht hat, dass es ihn über die Sau haut. Jetzt ist er im Dreck gelegen, der Hias, und die Klara hat die günstige Gelegenheit genutzt, dass sie ihm noch gleich in die Aktentaschen brunzt. Da hat der Hias eingesehen, dass er heute keine Meter bei uns macht, und ist abgerauscht wie ein Hendl, wo der Gockel grad drauf war.

Später am Abend, wie der Franzl schon im Bett war und die Mutter auf dem Klo, hat mir der Vater noch ein Gedicht beigebracht, das eigentlich erst für Erwachsene ist, drum soll ich die Goschen drüber halten, bis ich auch ins Wirtshaus darf. Das Gedicht geht so:

Saufen, rauchen, Tisch anspeim,
umahurn und Kegel scheim,
auf die Arbeit scheißt der Hund,
es lebe hoch der Bauernbund.

Kategorisierung: Schweine und Enten – Mediendiskurse

Der Einstandsbesuch der neuen weiblichen Lehrkraft bietet willkommene Distraktion vom routinisierten Tagesverlauf. Ihr Eintreffen zieht einen erotischen Mehrwert nach sich. Ihre Anrufung ländlicher Naturidyllik impliziert die vorteilhaft entwickelte Vitalität, i.e. Virilität, der Landschafts-Einwohner. Der Vater als Adressat dieser Rede weiß den Code zu dechiffrieren und reagiert mit einer zart vorgetragenen Bestätigung nichturbaner Ungezähmtheit. Doch ein Bauernhof ist kein *locus amoenus*. Die eilig sich einfindende Mutter hat ein Sensorium für illegitime Anbahnungen und interrumpiert die Zusammenkunft von Gatten und Lehrkörper, indem sie lauthals ihren Besitzanspruch geltend macht. Die Eindringlingin entzieht sich durch raschen Rückzug den lehrkraftzersetzenden Schmähungen der Matriarchin.

Der sich grämende Vater muss nach dieser gescheiterten Zartheit noch eine weit üblere Heimsuchung hinnehmen. Das Erscheinen des bündischen Funktionärs ist in ihrer Unwillkommenheit dieses Mal noch um eine Dimension reicher: Hias vertritt nicht nur das semidiktatorische Agrarkollektiv, sondern vermittelt auch noch mediale Kommunikationsträger.

An dieser Stelle mag eine Analyse des archaischen Pressewesens zweckdienlich sein, zumal die zeitgenössische Medienlandschaft Mitteleuropas dank ihrer aufklärerischen, integren

Fortschrittsorientierung auf eine immense Modernisierung verweisen kann.

Im prä-postmodernen Zeitungswesen zeichneten sich frühkapitalistische Begehrlichkeiten und die Korrumpierbarkeit des Journalistenstandes noch überdeutlich ab. Die Indoktrination gesellschaftlicher Erwartungshaltungen und die verführerische Präsentation des üppigen Warenangebotes waren als echte Motivatoren hinter dem pseudoredaktionell gehaltenen, eng mit der Wirtschaft kooperierenden Berichtsteil klar erkennbar. Hias betont folgerichtig die wesentliche Rolle von Schein-Ereignissen unter Vorenthaltung politischer Partizipationsmöglichkeiten.

Der Vater hingegen sucht sich dieser medialen Kolonialisierung seines Bewusstseins durch die herrschenden Klassen störrisch zu entziehen. Hias weiß um die immensen Wertschöpfungsmöglichkeiten durch Anzeige- und Verlautbarungsjournalismus. Er beharrt auf seinen Verkaufsabsichten, indem er auf zielgruppenorientierte Features verweist. Dann unterläuft ihm jedoch ein kapitaler Marketingfehler, als er die mentale Kapazität des Kunden *offen* verunglimpft. Ein Fehler, der in der Frühzeit der Medienvermarktung oft passierte – aktuelle Taktiken sind dank der Optimierung des kommunikationswissenschaftlichen Lehrplans unvergleichlich subtiler.

Der Vater bleibt gegenüber den kommunikativen Zugriffsversuchen renitent, indem er etwa die hygienepraktischen Defizite des verwendeten Zeitungspapiers anprangert (ein dermatologisches Problem, das heute dank des erhöhten Recyclinganteils im Papier gelöst ist).

Zart und wild zugleich holt der Vater den uneinsichtigen Zeitungskeiler schließlich auf den schmutzigen Boden der Realität zurück. Klara leistet ihm Beistand und schlägt dann auch noch ihr Wasser über den Unterlagen des selbsternannten Agrarreformers ab. Hias findet flugs das Weite. Der Vater beschließt etwas später, schadlos gehalten durch die glücklich abgewehrte Gehirnwäsche, seinen Sohn in das lyrische Geheimwissen adoleszenter Schmähreden einzuweihen.

Es ist abschließend anzumerken, dass die wiederholte Kritik am bündisch organisierten Agrarsystem zu einer umfassenden Reform des Bauernbundes geführt hat.[14]

Arschsau

Manchmal ist der Franzl ein echter Fetzenschädel. Aber woher hätt er es denn besser wissen sollen ... Die Frau Lehrerin hätt sichs denken können, aber die ist oft auch nicht gescheiter als mein kleiner Bruder.

Es war so, dass es in der Deutschstunde einen Aufsatz gegeben hat. Wir sollen etwas schreiben über unser schönstes Wochenenderlebnis, hat die Frau Lehrerin gesagt und ist aus der Klasse gegangen, weil sie mit dem Lehrer Huber von der 4a etwas hat, sagt zumindest die Mutter. Der Franzl schreibt in sein Aufsatzheft die Geschichte mit der Klara und wie sie die Stauden gefressen hat und von dem Geschrei, das die Sau gemacht hat.

Na, mehr haben wir nicht gebraucht. Die Lehrerin, die Geiß, hat die Geschichte dem Huber verzählt, und der Trottel, der Depperte, hat den Gendarm angerufen, und der ist gleich mit auf den Hof. Wenigstens hat er den Franzl und mich im

[14] Die Publikation „PowerBauer" des Bauernbundes wurde im vergangenen Jahr vom Lebensministerium als innovativstes Fachblatt gewürdigt. Neben informativen Berichten über technologische Entwicklungen, praktischen Haushaltstipps und Rezepten mit Schmankerln aus der Region finden sich auch anspruchsvolle Kolumnen von renommierten Psychophilosophen. Ein dreiwöchiger Gratistest hilft, Vorurteile zu überwinden.

Gendarmerieauto mitgenommen, was aber wegen der Umständ nur die halbe Gaudi war.

Die Oma hat antanzen müssen und die Mutter. Der Vater war im Ort beim Wirten wegen dem Most, aber das haben sie dem Gendarm eh gesagt. Dann haben die Frauen dem Graukappler den Deppenkräutlgarten zeigen müssen, aber der war gründlich umgegraben, der Klara sei Dank. Die Sau hat der Gendarm auch besichtigt. Nur die Klara hat ihn aus einem grauen und einem roten Aug angeschaut, als hätts eh nur einen Ladewagen voll Rauna gefressen und warat die Unschuld vom Land.

„Dass mia so an Bledsinn nimma vurkimmt!", hat der Gendarm der Oma und der Mutter gesagt und mit einem Kugelschreiber gewachelt. Ob er damit die Sau oder die Kräutl gemeint hat, weiß ich nicht. Die zwei Frauen haben ihre Köpf zusammengesteckt und die Mutter hat gesagt: „Nana, eh net, des is vurbei, weil er ja hin is, der Opa, und an Hinichen kaunst eh net ins Häfn steckn, oder wüst eam ausgrabn?!"

Dem Franzl hat der Gendarm noch eine Nuss gegeben, dass ein paar Haare gespritzt sind, und dann ist er wieder abgezogen. Wie er nicht mehr zu sehen war, hat die Mutter den Franzl auch noch eine genusst und „depperter Bua" zu ihm gesagt, worauf der Franzl trenzert in den Stall zur Klara gelaufen ist. Ich hab mich ein Zeiterl versteckt, weil man weiß ja nie, was passiert, wenn die Watschn einmal anfangen umeinander zu fliegen.

Nach ein, zwei Stunden bin ich in den Stall und da ist der Franzl mit dem Buckel an der Wampen von der Klara gelegen, zusammengerollt wie ein U-Hakerl. Wie die Klara mich gesehen hat, hat sie den Kopf gehoben und leise gegrunzt, so als wollt sie sagen: „Pscht, halt die Pappm, dei oama Bruada schlaft."

Am nächsten Tag hat der Vater vorsprechen müssen in der Schule und auf dem Gendarmerieposten. Er hat die Gscheitheiten von denen zwei Trotteln über sich ergehen lassen und den Grant von denen Bazis mit einem Renken Bauchspeck aus der Welt geschafft. Der Speck in die Händ vom Vatern war das letzte, was wir vom Herbert gesehen haben. Deswegen hat die Mutter aber nicht schon wieder geweint.

Kategorisierung: Unsentimentale Erziehung

Der Zerfall des diskursiven und emotionalen Familiengefüges weitet sich vom Privaten in das Öffentliche aus. Eine treuherzige Indiskretion des Bruders lehrt die Kinder den realitätsgenerierenden Effekt geschriebener Sprechakte zu fürchten. Denn dem veröffentlichten Exzess folgt die Exekutive auf den Fuß. Die Polizei als Disziplinarorgan des legislativen Normen-Geflechts sanktioniert noch posthum den Versuch des Großvaters, sich sozialen Kontrollzwängen sowie den anmaßenden Anforderungen der Arbeitswelt zu entziehen.

Diese Passage ist im diskurstheoretischen Fokus exemplarisch: Gemäß des Begriffs der modernen Regierungskunst, der Gouvernementalität[15] – Beherrschung unter Einverständnis der Beherrschten –, wird das Subjekt durch die Disziplinen Polizei oder Pastoral nahezu lückenlos und mühelos kontrollierbar. Die restliche Subordinationsarbeit erledigt die staatlich-religiös Angetraute. Ein Verweigern der schein-autonomen Selbst-Beherrschung führt ins Kriminal.

Als Hochburg der Disziplinierung und Zurichtung des Untertanen erweist sich die Schule. Nicht zufällig nimmt das

[15] *Vgl. Michel Foucault. Die Ordnung des Diskurses. Inauguralvorlesung am Collège de France - 2. Dezember 1970. Frankfurt, Berlin, Wien: Ullstein, 1977*

Strafverfahren hier seinen Lauf. Und zwar als paradoxe Sanktion für eine autobiographische Entgleisung: Der Lehrkörper bestraft den Bruder für sein vertrauensseliges Narrativ, nachdem er selbst physisch und moralisch mit einem anderen Lehrorgan entgleist war.

Am Tatort erblickt das beigezogene Auge des Gesetzes die Wahrheit trotz zuvor vernichteter Corpora delicti und des schlauen Schauens der Sau, und stellt seine standrechtlichen Zugriffsmöglichkeiten auf das unbotmäßige Individuum unter Beweis. Die manuell-kapitale Durchsetzung exekutiver Weisungsbefugnis („Kopfnuss")[16] stellt den rechtsrichtigen Zustand wieder her.

Das handanlegend gemaßregelte Kind flieht zur seit ihrer Intoxifikation verstärkt mit kommunikativen Fähigkeiten agierenden Sau. Der Trost des kleinen Bruders steht am Beginn ihrer erhöhten Interaktion mit der humanen Personnage der Erzählung. Durch den Erwerb assoziativer Signifikanz droht ihr jedoch der Verlust der animalisch-rustikalen Virginität und des Lebens.

Bald schon wird sie ihrem hier zum profanen Vergeltungs-Tauschwert gewordenen Bruder folgen. Die mütterlichen Zähren fließen zu diesem Zeitpunkt noch aus empirisch nicht nachvollziehbaren Gründen.

[16]Das physische Züchtigungsrecht ist im Menschenrechtsstaat Österreich bereits seit dem vorhergehenden Jahrtausend streng untersagt, s. § 47 (3) (Schulunterrichtsgesetz 1986). Auch im benachbarten Bayern wurde das eheliche Züchtigungsrecht des Gatten zur Durchsetzung seiner Rechte bereits 1947 aufgehoben. Schon seit dem Jahr 2000 ist Eltern in Deutschland das körperliche Erziehen per Gesetz verboten.

Saubock

Weil der Lehrer, der Gendarm, der Kramer – der was noch bei der Lakritzn bescheißt – und der Pfarrer oft beim Wirten sitzen und viererschnapsen, hat auch der Herr Geistliche Rat von dem Opa seiner Geschichte erfahren. „Saudumm und Gemorde", hat er gedonnert, eine Halbe Bier auf einmal hinuntergestoßen und gleich noch eine bestellt. So hats tags darauf der Wirt dem Vatern beim Most erzählt, dass es war. Zwölf Bier, was eine heilige Zahl ist, hat er saufen müssen, der Pfarrer, so aufgeregt war er. Bis ihn mitten in der Nacht, als der Kirchenwirt zusperren wollt, die Fanni, die was dem Pfarrer seine Köchin ist, übern Kirchplatz heimgeweist hat. Dabei hat er sich angebrunzt, dass es nur so getaschelt hat, sagt jedenfalls der Wirt.

Wie der Franzl und ich wieder Religionsstunde gehabt haben, hat der Pfarrer in seinem schwarzen Gewand über die sieben Todsünden geredet. Eigentlich nur über zwei, nämlich die Genusssucht und die Faulheit. Dabei hat er den Franzl und mich immer angeschaut und ist um unsere Bank herumgekreist wie ein Lämmergeier über einer abgestürzten Gams. Uns hat das nicht getaugt, weil die Schulkameraden die ganze Zeit gegrinst haben wie die Hutschpferde. „Hütet Euch vor den Wurzelsünden!", hat der Pfarrer gerufen. „Eine jede einzelne führt zur ewigen Verdammnis in der Hölle, wo ihr schmoren werdet in Kesseln voll des siedenden Öls und gezwicket werdet von den Schergen des Teufels mit glühenden Zangen." Oder so ähnlich. Da haben sie dann nicht mehr gegrinst und der Franzl, der ja noch kleiner war und nicht so abgebrüht wie ich, hat sogar angefangen zu schluchzen.

Plötzlich hat sich der Ärger vom Pfarrer gelegt, und er hat einen ganz inwendigen Blick gekriegt. Er ist langsam zum Franzl hin gegangen und hat angefangen, dass er ihm über die Haare streichelt. „Ist schon gut, mein dummer Bub", hat er gesagt und dem Franzl seinen Kopf an seinen Bauch gedrückt, damit er ihn tröstet. Ziemlich lang ist er so da gestanden und hat hinaufgeschaut auf die Decken, als ob er eine himmlische Nachricht vom lieben Gott empfangen tät.

Wie ich das der Mutter bei die Krauterdäpfel, die was es zum Mittagessen gegeben hat, erzählt habe, ist sie vom Tisch aufgesprungen und hat mit einem Gesicht, so rot wie der Klara ihr Aug, geschrien: „Der Saubauch, der gschissene, der Hurnbock, der gsöchte, der Kindsvazahra, der damische!"

Was damisch heißt, und dass das auch mit unserer Sau zu tun hat, hab ich erst später erfahren. Der Vater aber hat gleich hinuntergehen müssen zum Pfarrhof und dem Herrn Geistlichen Rat sagen, dass der Franzl nicht mehr ministrieren kommt. Wegen einem Hüftleiden. „Er derf nimma mehr so lang stehen, sagt da Dokta", hat der Vater dahergelogen. Der Pfarrer hat gepoltert „Aber beichten muss er trotzdem – und du auch!" und hat die Tür vom Pfarrhof zugeschmissen, dass der Fanni in der Küche vor Schreck ein Schas ausgekommen ist, den der Vater auch draußen auf dem Kirchplatz gehört hat, so gepröllt hat der.

Kategorisierung: Spirituelle Intoxifikationen

Das Strafen hat noch kein Ende, au contraire. Nach dem disziplinatorischen Walten der Exekutivmacht setzt jene der sakralen Kontrollinstanz ein. Hell die Empörung des parodistisch mit „Geistlicher Rat" Apostrophierten, kurios die duodezimale Größe seines dadurch ausgelösten Durstes. Die Dodekalogie des Bieres entspricht der Anzahl des apostelischen Dutzends, ganz so, als ob damit die Äthanolüberdosis kompensiert werden könne.

Diese spontane Erstreaktion des pastoralen Organs auf die Enthüllung des großväterlichen Grenzübertritts spiegelt dessen inkriminierten Anlassfall. Der im katholischen Kontext moralisch relevante Unterschied liegt in der Substanz: Im Gegensatz zum individuell konsumierten „Deppenkräutl" THC ist der C_2-Abusus coram publico nicht sanktioniert. Zum einen kooperiert die katholische Kirche als religiöse Kolonialinstanz mit wirtschaftlichen Kolonialmächten; über die Favorisierung von Äthanol und Nikotin gegenüber THC durch amerikanische Landwirtschaftskartelle war in der Kategorisierung „Cochonnerie" bereits die Rede.

Zum anderen zeitigen vergorener Hopfen und Malz exakt die von der Leitinstanz erwünschten Folgen im Sinne einer strategischen Desintellektualisierung der Subjekte. Äthylismus fördert deren Subordination in zweierlei Hinsicht: Die ante- und retrograde Amnesie beim Korsakow-Syndrom erleichtert die Indoktrinierung. Das Delirium tremens führt mitunter zu religiös konnotierten Halluzinationen, in deren Zuge oft kleine weiße Tiere wie etwa auch Tauben[17] gesehen werden.

Dieses katholische Kalkül ist im Übrigen anachronistisch: Wie zuvor anhand der Verfügungsinstanz „Schule" angeschnitten, verfolgt die moderne Gouvernementalität spätkapitalistischer Regimes die weitaus effizientere Beherrschungstaktik „Regieren durch Individualisieren". Äußere Fremdführung und innere Selbstdisziplin greifen osmotisch ineinander über. Eine zeitnahe Foucault-Rezeption bzw. intelligentere Drogenpolitik

[17] *Vgl. Mt. 3,16: „Kaum war Jesus getauft und aus dem Wasser gestiegen, da öffnete sich der Himmel, und er sah den Geist Gottes wie eine Taube auf sich herabkommen."*

hätte der katholischen Kirche enorme Humanressourcen erspart. Die schädlichen Folgen am eigenen Personal werden ja überdeutlich etwa durch den temporären Orientierungsverlust und die Inkontinenz des „geistlichen Rates“ manifest.

Der alkoholischen Entgleisung des übermotivierten Religionsinstruktors folgt anderntags die pädagogische bzw. -ophile Disziplinierung des Delinquenten. Die Erzählung über die Todsünden *(peccatum mortiferum)* soll den Bruder Franzl sachte und kindgerecht vom inkorrekten Verhalten des verstorbenen Großvaters überzeugen. Der Pfarrer übertreibt mit korrigierend-wohlwollender Intention bei der Interpretation der Genusssucht und Faulheit *(luxuria und acedia)*, die laut Katechismus nur als Wurzelsünden gelten, per se aber noch nicht zum tödlichen Schmoren im Inferno führen. Flugs übermannen die Kinder auch die pädagogisch wertvolle Reumut und intensive Gewissensregungen – der Hauptmotor katholischer Glaubensausübung.

Übermannt wird auch der Pädagoge, der hier kurzfristig den Herausforderungen der Säkularisierung der Gesellschaft und der zunehmenden Sexualisierung auch außerhalb des Klerus nicht gewachsen ist.[18] Überraschend heftig fällt daraufhin jedoch der Unmut der Mutter aus, die ihr Kind jeder weiteren liturgischen Verwertbarkeit entzieht. Es handelt sich doch beim priesterlichen Strafverhalten im historischen katholischen Kontext um nicht mehr als eine milieubedingte Affektsbezeigung. Der Vater muss die paradoxe Exkommunikation Franzls unter

[18] *Vgl. „Hirtenbrief Seiner Heiligkeit Papst Benedikt XVI. an die Katholiken Irlands (19. März 2010)“ bzw. Bischof Walter Mixa, Interview mit der Augsburger Allgemeinen Zeitung, 15. Februar 2010: „Wir haben in den letzten Jahrzehnten gerade in den Medien eine zunehmende Sexualisierung der Öffentlichkeit erlebt, die auch abnorme sexuelle Neigungen eher fördert als begrenzt.“*

Vortäuschung physischer Unzulänglichkeiten kommunizieren und Malediktionen des Pfarrers hinnehmen.

Die im Zuge dieser Handlungen ausgelöste Flatulenz Fannis ertönt gleichsam als Warnsignal für kommendes Unheil.

Saustall

Dem Franzl war es wurscht, dass er nicht mehr ministrieren gehen darf. Nicht wurscht war ihm, dass er nach der Nuss vom Schantinger im Saustall eingeschlafen ist. Das war ihm, glaub ich, irgendwie peinlich. Obwohl er eh nicht im Scheißdreck von der Klara gelegen ist, weil die hat sich seit dem Staudenfressen immer ein kommodes Betterl aus Stroh zurecht geschoben mit ihrem Rüssel, und nur in ein Eck von ihrem Kobel geschissen oder gleich draußen auf den Misthaufen.

Überhaupt war mehr anders bei der Sau. Immer wenn wer reingegangen ist zu ihr, auch ohne einen Trank, ist sie aufgesprungen und hat angefangen zum Grunzen, Quieken und Schnaufen, dass man glauben könnt, sie will was erzählen. Der Vater war damals länger als sonst im Stall und ist oft mit einem komischen Gesicht heraus gekommen.

Der Franzl ist nicht mehr gern in den Stall. Dafür hat er die Büchel vom Opa entdeckt. Stundenlang hat er sich mit einem von den alten Schinken im Stroh versteckt und hat gelesen. Manchmal hat man ihn gar nicht zum Essen daherrufen können, weil er war wie vom Erdboden verschluckt. Wenn er dann doch aufgetaucht ist, hat er gleich einmal von der Mutter eine Tachtel gefangen, weil sie nicht extra für ihn kochen wollt.

Einmal hat sie mich den Franzl suchen geschickt, weil er nussklauben hätt sollen. Im Stroh war er nicht, aber ein Buch ist drin gelegen, und ich habs mir angeschaut. „Unsere Heiligen" ist vorn draufgestanden. Aufgeschlagen war die Seite von der Heiligen Klara. Das war eine Italienerin, die was in den Heiligen Franz von Assisi verliebt war. Aber sie hat ihn nicht gekriegt. Den Assisi-Franz hab ich schon gekannt, weil der Pfarrer von ihm gepredigt hat, und weil er mit den Viechern geredet haben soll. Sowas merkt man sich ja leichter als die Geschichten von die vielen Heiligen, die irgendwo versenkt, derstochen oder verbrennt worden sind, weil das kommt einem ja mit der Zeit durcheinander.

Die Klara, die Heilige – nicht die Sau – hat ein Kloster für Frauen in der italienischen Stadt St. Damian gebaut, ist in dem Buch gestanden. Dort mussten alle ganz arm sein. Da ist es mir klar geworden, was der Opa mit den damischen Weibern und die Mutter mit dem damischen Pfarrer gemeint haben. Weil, wenn man was nicht hat, was man braucht, keinen Mann, keine Frau, kein Pfeiferl oder nicht einmal einen Most, kann man schon furchtbar damisch werden.

Und ich glaub, dass der Bertl, unser Knecht, auch ein Damischer ist. Wie ich bei der Holzhütten vorbeigeh, schreien sich der Vater und er an, und der Bertl zielt mit der Holzhackn auf. Eh nur kurz, aber der Vater ist steif worden wie ein Buchenbrettl. Ich bin schnell weiter gegangen und hab nichts davon erzählt. Nicht einmal dem Franzl. Der Klara aber schon.

Kategorisierung: Chimären und unwuchte Dialektiken

Die fatale Anthropomorphisierung der Sau schreitet rapide voran. In kuriosem Kontrast zur lokalspezifischen Insuffizienz humaner Hygiene defäziert sie seit der „Kräutl"-Episode nicht mehr im Schweinekoben. Das von der Intention her sedierende

„Deppenkräutl" wirkt im Tierkörper völlig konträr. Ihre akute Kommunikativität wird verschiedentlich rezipiert: Während auch der Vater – reziprok seinen Artgenossen gegenüber verstummend – dem Mitteilungsdrang und der Anziehungskraft der zur Chimäre mutierenden Sau nachgibt, verunsichert sie auf der anderen Seite den Sohn nach der kurzen Episode tröstlicher körperlicher Nähe.

Franzl sublimiert sein Unbehagen in der Lektüre – neben dem „Deppenkräutl" das zweite bewusstseinserweiternde, psychotrope Erbe des Großvaters. In der Hinwendung zum geschriebenen Wort gelangen Bruder und Erzähler zu ergänzenden Einsichten zur Überlieferung des Großvaters: Die Erwerbstätigkeit des Menschen lässt sich ohne lindernde Substanzen nur schwer verschmerzen. Daneben erschließt sich ihnen der aggressionshemmende Effekt des bei korrekt und sorgfältig ausgeführter sexueller Beiwohnung entstehenden Oxytocins; beunruhigende psychologische Einsichten in das insofern defizitäre nähere Humanumfeld drängen sich auf.

Die familiäre Korrektivinstanz reagiert auf des Bruders Hinwendung zur Textualität und seinen damit kausal verbundenen Aufschub sinnlich-vitaler Bedürfnisbefriedigung mit Unverständnis und eruptiver Gewalt. Sie ahnt wohl intuitiv, dass die Literatur – und sei sie auch noch so hagiographisch – den Sohn emotional aus der anachronistisch-rustikalen Lebenswelt wegzuführen vermag.

Illustrativ die Lektüre der Vita Franzens von Assisi, Ahnherr der „Minderen Brüder" und Schutzpatron der nichtmenschlichen Kreatur. Der Namensheilige des Bruders sagte sich laut Überlieferung von Sippe und Kapital los, und tat repräsentativ Buße. Seine Augen waren stets entzündet (vgl. Klaras rotes

Auge) und die Folklore schreibt ihm eine wundersame Wolfszähmung und eine wunderliche Vogelpredigt[19] zu. Zahlreiche Visionen hatte auch die erwähnte Klara von Assisi, die sich begeistert von der neuen Armut von Franziskus das Haupthaar abschneiden ließ.

Generell auffällig ist die Inbrunst römisch-katholischer Heiligenverehrung. Die psychologischen Motivationen dieser Veneratio sind in der eher kurzen Objektpermanenz der Anhänger zu suchen. So wie amourös-hormonell entfachte Jugendliche überdimensionale Poster zwecks Anbetung ihrer Idole brauchen, sexuell erfüllte Menschen hingegen nur noch kleine Bildnisse in Portemonnaies, verlangt der katholisch oder auch orthodox Liebende nach zahlreichen, das Liebesobjekt repräsentierenden Ikonen und Reliquien.

Am Ende dieses Kapitels kommt es zu einem jähen Unwucht-Werden der Hegelschen Herr-Knecht-Dialektik: Mit der Axt in der Hand beginnt der Knecht seine Macht zu begreifen. Noch reicht die historisch gewachsene Autorität des Herrn, die Ordnung des Agrarfeudalismus aufrecht zu erhalten. Doch die morsche Hierarchie kommt bald endgültig an ihre Grenzen.

Sauhund

Unser Hund ist ein Manderl und heißt Rex – so wie die Gummis für die Kompottglaseln. Der Vater sagt immer, dass er von der Rass her ein Pinscher ist. Die Mutter glaubt, er ist

---

[19] *„Als er sich Bevagna näherte, kam er zu einem Ort, an dem eine große Menge von Vöglein verschiedener Art zusammengekommen war: als der Heilige Gottes dieselben sah, lief er eilig dahin und begrüßte sie, als wären sie der Vernunft teilhaftig." Vgl. dazu die Ausführungen über Vogelsichtungen in der Kategorisierung „Spirituelle Intoxifikation".*

ein Delarü, wahrscheinlich weil er uns zugerennt ist von der Straßenseiten her, wie er noch ganz jung war. Mit der Klara versteht sich der Rex prächtig, aber das war nicht immer so. Am Anfang hat sich der Rex vor die Schweindl gefürchtet. Wie er dann größer geworden ist, hat er sie immer in die Hinterhaxn gezwickt, wenn sie in den Stall gehen haben sollen. Sonst hat er nur Ratzen gebissen, aber ganz durch. „Guada Bua, braver Rexi", sagt der Vater immer, wenn der Rex einen hinichen Ratz bringt. Den schmeißt er dann auf den Misthaufen.

Alle paar Wochen bringt der Rex einen Ratz, der was größer ist als die anderen. Einen Bisam. Die erwischt er bei die Fischteich vom Schwarzbrenner-Poidl. Bisam landen bei uns nicht auf dem Misthaufen, sondern im Kochtopf vom Onkel Karl, der was nicht nur ein Fleischhacker, sondern auch ein Feinschmecker ist. Der zieht die Ratzn aus und zerlegt sie. Aus dem Fleisch macht er ein Ratzengulasch. Er sagt, dass das gut schmeckt, in etwa so wie ein Hamster, und weil der Bisamratz ein Vegetarier ist und nicht so ein Mistviech wie der Wanderratz, der alles frisst, sogar einen Traktorreifen, wenn es sein muss. Kosten hab ich mich aber noch nicht getraut vom Ratzengulasch.

Das Fell vom Bisam putzt der Onkel Karl, spannt es in einem Holzrahmen auf und gerbt es mit dem Ratzenhirn. „A jeds Viech hat vom Herrgott so vü Hirn mitkriagt, dass ma sein Pöz damit gerb'm kann", weiß der Karl. Er hat so viele Bisam hergegerbt, dass sich die Mutter draus einen Mantel genäht hat. Wenn der Karl auch einmal eine Frau heirat, kriegt die auch einen Bisam, sagt er. Die Mutter zieht den Mantel aber nur am Sonntag zum Kirchgang an, auch wenn es keinen so tiefen Winter hat, dass man ohne Mantel friert. Die anderen Weiber vom Dorf sind auf den schönen Pelzmantel neidig. „Soin de

Trutschna hoit a an Rattler duachfuadan“, sagt dann die Mutter und wickelt sich so richtig in ihren Bisam hinein.

Jedenfalls war unser Rattler der Chef unter die Viecher vom Hof, bis zu der Sache mit der Klara. Nachdem sie die Kräutl gefressen gehabt hat, hat sie sich nicht mehr vom Rex in den Stall treiben lassen. Zuerst hat er noch versucht, dass er sie in die Haxn zwickt, aber so schnell hat man gar nicht schauen können, hat die Sau den Hund am Schwanz gepackt. Dann hat sie ihn zum Granitgrander geschleift, wo das Wasser für die Viecher zum Saufen drin ist. Da hat sie den Rex hineingeschmissen, der was furchtbar gejault hat. Wie er im Wasser drin war, hat sich die Sau mit ihrem mächtigen Arsch auf den Grander gesetzt. Der Rex hat grad noch soviel Luft gekriegt, dass er weiter hat heulen können, aber nur leise. Derweil hat die Klara gegrunzt und mit dem Schädel gewackelt, ganz so als hätt sie dem Rex was zum Erklären gehabt. Nach ein paar Minuten war die Gschicht vorbei. Der Rex ist aus dem Grander gesprungen und ab durch die Mitte. Nicht einmal das Wasser hat er sich herausgebeutelt.

Draufhin war der Rex zwei Wochen wie vom Erdboden verschluckt. Dann ist er angetrottet gekommen, hat gefressen wie ein Scheunendrescher und zwei Tage geschlafen. Die Klara hat er nicht mehr gezwickt und die anderen Schweindln auch nicht. Wenn er der Klara begegnet ist, hat er sich so über die Vorderläuf gestreckt, was so ausgeschaut hat, als würd er sich vor ihr verneigen.

Nie mehr hat der Rex einen Bisam gebracht, Ratzen aber schon.

Kategorisierung: Gescheiterte Domestikation

Interpretativer Hebelpunkt für dieses Kapitel ist der Begriff der Domestikation. Definitorisch ist sie die Selektion, Isolation, Zähmung und genetisch gesteuerte Reproduktion von Wildtieren. Durch den gesamten Text ziehen sich schon die drohenden Symptome für eine narzisstische Kränkung des Menschen, der als gebrochenes Individuum in der Postmoderne vom zentralen Thron der Schöpfung zu fallen droht. Hier wird der Machtverlust biologistisch manifest. Der Mensch macht sich Flora und Fauna untertan, doch seine Hegemonie schwindet durch die subversiv-primitive Kraft seiner ehemaligen Subjekte (vgl. die Wechselwirkung des Deppenkräutls bzw. die Frechheit der Sau).

Die animale Unterwerfung erfolgte im Übrigen parallel zur humanoiden Verhausschweinung. So wie die Fauna als Zuchteffekt verweichlicht, neigt der Mensch zusehends und zuletzt rapide zur sogenannten Neotenie; er weigert sich immer öfter, das Jugendstadium („Elternhaus") zu verlassen und die Mühen des Survival-of-the-Fittest („Erwerbstätigkeit") sowie der Reproduktion der Gattung auf sich zu nehmen (vgl. „Neo-Cocooning", „Hotel-Mama-Syndrom" oder „Hikkikomori"). Allgemein neigt er zu Dickleibigkeit und vermindertem Haupthaar.

Bei der Sau Klara kann die Integration durch Domestikation als gescheitert erklärt werden. Bei ihr verfängt keine banale operante Konditionierung mehr. Recht illustrativ erhebt sie sich in weiterer Konsequenz durch ihre neuen mentalen Kapazitäten flugs über den Hund, dem unerwünscht eigenständiges Verhalten abgewölft worden ist. Zuvor hatte er aus Angst jene gebissen, die er in der Hierarchie unter sich wähnte.[20]

---

[20] *Analog dazu der in Kapitel „Saujud" erwähnte „Strachist", slaw. für „Angstbeißer".*

Nun kehrt jedoch die Sau die historische Reihenfolge der Domestizierung um, zumal der Ex-Prädator Hund dem Menschen schon lange vor dem Schwein zu Diensten gestanden hatte. Das Schwein wurde erst vor 8000 Jahren in Asien der Fleischproduktion zugeteilt. Klara kann auch den Domestifikationseffekt der Hirnschrumpfung stoppen – ihre Artgenossen hatten seit Beginn des Anstellungsverhältnisses beim Menschen rund ein Drittel ihrer Hirnmasse eingebüßt.

Klara emanzipiert sich in ihrer Attacke gegen den Hund endgültig von ihrem durch den Menschen determinierten Verhalten. Ihr Tun ist motiviert durch einen Bewusstseinssprung, der ihre Verfügungsmöglichkeiten radikal erweitert. Faustinger arbeitet auch auf der Ebene der Phraseologie, welche die Überwindung des intrinsischen Motivationsdefizits volkstümlich als den „inneren Schweinehund" personifiziert. Dies ist seine Kritik an voluntaristischen Residuen aristotelischer Handlungstheorie, in der die Willensschwäche (Arkasia) einzig als irrational-moralisches Problem firmiert.[21] Klara ist als Allegorie dafür gleichsam ein äußeres Hundeschwein.

Widerstand gegen diese Umwertung der Werte leistet erneut ausschließlich die willensstarke Mutter, welche in diesem Abschnitt denn auch als dominante Venus im Bisampelz[22] auftritt. Im Übrigen hat der Hund, wie im Eingangskapitel erwähnt, später keine Skrupel, die Ohren der geschlachteten Klara zu fressen. Es gibt keine Menschlichkeit im Tierreich.

Auf der zoologischen Ebene dieses Textes gilt es in der Semiotik der vorkommenden Spezies weitere Sinnreservoirs auszuschöpfen. Zur autochthonen Fauna Mitteleuropas zählt der

[21] *Aristoteles, Nikomachische Ethik, VII 1-11*

[22] *Auf diese Passage bezog sich laut der bulgarischen Musikwissenschaftlerin Issa Feik das Album „The Velvet Underground and Nico".*

regional verankerte, und deswegen keiner sauberen Blutlinie zugehörige oberösterreichische Rattler. Es handelt sich hierbei um einen raubzeugscharfen Hund, nicht um die gleichnamige amerikanische Klapperschlange. Die Bisamratte hingegen ist sehr wohl ein amerikanischer Kulturfolger, ein Neozoon, das von den Feuchtgebieten Böhmens ausgehend Europa und Asien invasionierte.

1905 befreite sich eine erste Population aus adeliger Herrschaft, später aus Pelzfarmen. Nominell ist die Bisamwühlmaus übrigens Osmane (*besem* = „Geruch"). In der Paarungszeit gibt der Bisam Moschusduft und quäkende Laute von sich. Der gefährlichste Fressfeind des Bisams ist der possierliche Mink, ein Raubnerz mit ebenfalls amerikanischem Migrationshintergrund. Überlebt er den Mink, verhungert die Bisamratte nach drei Jahren selbstständig, da seine Zähne entgegen folkloristischer Überzeugungen nicht hart sind und nach diesem Zeitraum bis auf Stümpfe abgenagt werden.

Ein Blick noch auf die Transsubstantiation der Bisamratte vom Schädling zum postmortalen Statussymbol durch den fleischergewordenen Dekonstruktivisten Karl. Nicht von ungefähr wird der Prozess der Gerbung eines Pelzes als „Zurichtung" bezeichnet. Essenziell für die Transformation eines Lebewesens zum Objekt der Bewunderung ist stets eine disziplinierende Gewaltausübung, die Zurichtung der Individuen. Zuerst durch das letale Ende des Ausgangsmaterials, dann durch die Aufwertung der toten Materie, schließlich durch den subtilen Druck auf das Volk, das Endprodukt zu admirieren. Man kennt diesen Vorgang auch aus der katholischen Folklore.

Despektierlich ist Faustingers Hinweis auf die Basis dieser verewigenden Mutation: das Zerebrum. Seine Reduktion auf eine bloße Protein-Gerbstoffquelle ist eine garstige Spitze gegen das intellektuelle Pathos der Geistes- und Humanwissenschaften.

Herz-Sau

„Heit gehst mit da spinnatn Sau zum Viechdokta!" hat die Mutter zum Vater gesagt, und das sehr laut. Es war nämlich bei uns so, dass der Tierarzt nicht mehr auf den Hof herauf gekommen ist, weil kein Geld für seine Rechnungen da war. Jetzt sind der Vater, die Klara und ich hinunter ins Dorf gegangen. Die Klara hat der Vater angebunden gehabt mit einem Strick um ihr rechtes Hinterhaxl. Den hätt es aber gar nicht gebraucht, weil die Sau ist bei Fuß gegangen, viel folgsamer als wie der Rex.

Wie wir unten angekommen sind, ist es Zeit gewesen für zu Mittag, und wir sind in den Gastgarten vom Kirchenwirt eingekehrt. „Hearst, Faustinger, treibst statt dein Rausch neierdings a Sau durchs Dorf?", hat der Wirt schon von der Weiten geschrien und alle am Stammtisch haben gelacht. Da ist der Pfarrer gesessen, der Onkel Karl und der Gendarm. Zu denen haben wir uns zuwi sitzen dürfen, und die Klara hat sich in den Schatten unter einen Haselbuschen gelegt, direkt hinter dem Karl. Zum Essen hat es eine Fritattensuppe gegeben und eine Rindszunge. Der Vater hat gleich drei Halbe Most dazu getrunken und einen Doppelten. Ich hab eine Schartner Bombe mit Zitronengeschmack gekriegt. Und dann hat der Rudi die Schnapskarten geholt. Zuerst ist zusammengelost worden. Der Vater hat mit dem Karl gespielt und der Pfarrer mit dem Gendarm. Viererschnapsen.

Die Regeln hab ich schon gekannt, weil sie mir der Vater beigebracht hat. Am Stammtisch ist alles gespielt worden: Bettler, Assenbettler, Zehnerlhoch, einfach alles. Auch die gefinkelten Sachen: ein Schnapser mit dem Mann oder ein Kontrabauer. Mein Vater war kein recht guter Kartenspieler. Aber an dem Tag ist es ihm gelaufen. Weil nämlich die Klara ein bisserl geholfen hat. Draufgekommen ist der Vater, dass die Klara auch ein Wörterl mitreden kann, als er sich mit dem Karl abstimmt, wie es sich beim Vierer gehört. „Guat, die Herz?", hat er ihn gefragt. Und noch bevor der Karl hat nicken können und damit sagen, dass er die Herz-Sau in die Karten hat, hat der Vater schon von der Klara einen leisen Grunzer gehört.

Lang ist dem Vater nicht aufgefallen, dass die Sau kiebitzt. Aber nach drei, vier Bummerl hat er es begriffen. Er hat gar nicht mehr mit dem Karl unter dem Tisch fussln müssen, damit er weiß, was er in die Karten hat. Ob da drin die Sau oder der Vierzger steckt. Einen Schnapser und einen Gang nach dem anderen hat der Vater angesagt und auch durchgebracht, weil er wegen der Klara ihre Kommandos genau gewusst hat, wer die Haltn in die Kartn hat und ob die gefährlichen Karten auseinanderstehen oder nicht.

Mit der Zeit und dem Most ist der Vater immer besser aufgelegt worden und hat immer wilder gespielt. Er hat den Pfarrer, der was geflucht hat beim Karteln wie ein Holzknecht, und den Gendarm extra zwei oder drei Spiele gewinnen lassen, damit der Retourschneider angeht und dann hat er das Bummerl doch noch gewonnen, was statt einen gleich vier Punkte gibt. Da hat der Gendarm schön geschaut, weil er nicht gewusst hat, wie ihm geschieht. Da hat alles auf den Tisch Hauen nichts genutzt.

Der Vater, der Onkel Karl und die Sau haben die anderen zwei ausgezogen wie eine Jausenwurscht. Da ist geschossn worden und retour gegangen, dass oft ein Bummerl grad einmal ein paar Sekunden gedauert hat. Am End hat der Pfarrer alles zahlen müssen. Der Gendarm hat – wie der Vater – ja nie ein Geld gehabt. „Kruzifix, die ganze Kollektn beim Teifi", hat er in seinen doppelten Goder hineingejammert, der Pfarrer, wie der Wirt zusammengerechnet hat.

Mit einem mords Trumm Dampf und einem zufriedenen Gesicht ist der Vater aufgestanden vom Stammtisch, wie es zum Finsterwerden angefangen hat. „Daungschee, die Herren", hat er gesagt, ordentlich aufgestoßen und angeschafft: „Kummts, Hiob, Klara, mia gengan hoam." Die Sau und ich sind aufgestanden und mit dem Vater mit. Die Klara hat nicht einmal einen Strick gebraucht. Da haben die Stammtischler schön blöd geschaut.

Wie wir wieder auf dem Hof oben waren, hat die Mutter den Vater böse angeschaut und gefragt: „Wos hot der Tierarzt gsagt?"

„Der war net da", hat der Vater geantwortet. Dann hat er sich auf die Ofenbänk gelegt und ist sofort eingeschlafen.

„Saubagasch", hat die Mutter noch ausgerufen und mich ins Bett geschickt.

Kategorisierung: Das Glück ist eine Sau

Das normkonträre Verhalten der Sau provoziert naturgemäß seitens der matriarchalen Autorität den Drang nach Restauration des schöpfungsgemäßen Zustandes und der Wiedereingliederung der insubordinanten Sau in die agrarfaunale Hierarchie. Schon alleine die disziplinäre Übertrumpfung des

Hundes (Rex: „König“ – nomen non est omen) ist als eine subversive Gehorsamsübung ein Affront. Exekutieren soll den Regulierungsakt der entmachtete Patriarch, zumal die lokale veterinäre Grundversorgung mangels ausreichender Dotierung suspendiert worden ist.

Der Autor referiert hier deutlich auf strukturalistische Repressionsanalysen[23]: Das System der Macht konstituiert überhaupt erst die Subjekte, weist ihnen ihre Parzelle in der Sozietät zu. Subtil jedoch bringt er in einer reziproken Umwertung der Machtdualismen (Mann-Frau, Hund-Sau) die Verhältnisse zum Tanzen.

Sinnfällig für die oszillierende Dialektik ist das Spiel. Als der Vater sein merkwürdig beseeltes Bestiarium den Blicken der Öffentlichkeit zuführt, kommt es zur Manifestation des Menschen als „homo ludens“.[24] Als ob es eines neuerlichen Beweises der humanoiden Anmaßung bedurft hätte, mischt sich auch hier die hybrid agierende Sau mittels akustischer Atout-Indikation in die Handlung ein. Als ob ihr bewusst wäre, dass die oberste Karte, das Ass, den Namen „Sau“ trägt.

Darüber hinaus öffnet sich hier ein weites semiotisches, numerologisches Feld. Die Quadratzahl Vier steht für den Text des Lebens, zumal die Information des Genoms mit vier Nukleobasen geschrieben wird. Das Viererschnapsen ist vor diesem Hintergrund leicht als vitalistisches Ritual zu decodieren. Das Raum-Zeit-Kontinuum ist vierdimensional, weswegen sich das Schnapsen im öffentlichen Raum über ein signifikantes Quantum an Zeit erstreckt. Esoterisch steht die christliche Vier, die Gesamtzahl der Elemente, für das Irdische und ergo der trinitären Dreifaltigkeit entgegen. Schnapsen fungiert mit-

[23]*Foucault, „Surveiller et punir“ 1975*

[24]*Der Mensch spielt nur, wo er in voller Bedeutung des Wortes Mensch ist, und er ist nur da ganz Mensch, wo er spielt. Friedrich Schiller*

hin als Blasphemie für Zwischendurch. Narrativ naheliegend, dass der katholische Personalvertreter für seine Partizipation am heidnisch-tetralogischen Schnaps-Akt am Ende monetär büßen muss. Sein Arbeitgeber tendiert dazu, mindere Verfehlungen flugs zu sanktionieren.

Die Vier steht für Tod und Leid sowie auf dem Trikot des Innenverteidigers. Sie harmoniert mit der Anzahl der Beine Klaras. Übergeordnet ist dem quartalen Bedeutungskomplex die 24, die kabbalistische Kernzahl des Bauernschnapsens. Rezente Interpretationsansätze gehen davon aus, dass Faustinger damit nicht auf die maximal mögliche Anzahl der Tagesstunden abhebt, sondern auf die geometrische Kusszahl der vierten Dimension.[25]

Durch die grunzend-klandestine Einmischung in das Spiel-Ritual maßt sich die Sau eine katalysatorische Rolle zugunsten des paternalen Akteurs an. Sie erinnert dabei an atavistische Verhaltenssystematiken, die sich ontogenetisch zuerst animalisch, dann erst humanoid strukturierten: Vor dem Menschen spielte schon das Tier, so auch die Sau.

Faustinger lässt sublim auch Erkenntnisse der Spieltheorie einfließen. Seine Analyse des Entscheidungsverhaltens der Akteure Vater und Sau zeigt deutlich, dass kooperatives Agieren und zielorientierter Informationsaustausch in Konfliktsituationen wirtschaftliche Vorteile erzielen.

Äthanolisch und ludistisch berauscht beendet der Vater schließlich sowohl die Spielkonstellation als auch seine Bewusstseinsphase. In einem Kausalnexus damit stehen massive Unmutsbekundungen der maternalen Kontrollinstanz.

---

[25] *Ugo Besos, „Las nombres de contacto en el trabajo de Hiob Faustinger. La multidimensionalidad en sátira austríaca", Madrid, 2010.*

Jungsaubauer

Gestern haben mir der Vater und die Mutter zum ersten Mal erlaubt, dass ich auf die Landwirtschaftsmesse in W[redacted] mitgehen darf. Das ist nämlich was Besonderes. Dort haben sich die Eltern kennengelernt vor vielen Jahren.

Wie wir aus der Bemperlbahn direkt im Messegelände ausgestiegen sind, waren wir schon mitten in den Traktoren und Mähdreschern und den anderen großen Geräten mit den glänzenden Reifen, die höher sind wie ich. Da wollte ich mich hineinsetzen, aber der Vater hat gesagt: „Zerscht zu de Viecha!"

In großen Hallen sind Stiere und Kalbinnen, Sauen und Saubären und ein Haufen Kleinvieh ausgestellt gewesen. Da hat es gestunken noch ärger als daheim. Stundenlang sind der Vater und die Mutter in der Viehversteigerungshalle gesessen, dass mir schon gewaltig der Arsch weh getan hat. Händchen haben sie gehalten, weil es genau in der Halle war, dass sie sich zum ersten Mal gesehen haben.

Der Vater war damals noch Knecht und hat die Stier vorgeführt. Mit einer Stangen, wo ein Haken dran war. Den hat er in die Nasenring von die Zuchtstiere eingefädelt. So sind sie brav wie die Lamperl neben dem Vater hergegangen. Obwohl der Vater kein Bär ist, hat er gut ausgeschaut neben die Riesenviecher, die locker ein paar hundert Kilo schwer sind. Daraufhin hat sich die Mutter, die damals noch ein Bauerntöchterl war, in den Vatern verschaut. In der Bierhalle haben sie sich wieder getroffen und einander gleich erkannt. „Zehn Voiksfest-Hoiwe hob i domois trunga und koan Milimeta gwoglt", hat der Vater stolz erzählt. Die Mutter hat ihm jetzt ihre Hand weggenommen und zu mir gesagt: „Pass auf Bua, und merk da des firs gaunze Sei: In a volle Floschn geht nix nei."

Beim Traktorschauen waren wir bald fertig, weil der Vater zur Zeit kein großes Geld hat. Er hat ein bisserl über Pe-Es geredet mit so bladen Verkäufern, die schon recht geschweißelt haben, über Betriebsstunden und das Abschmieren, aber dann sind wir gleich weiter gegangen ins Volksfest.

Das war eine Gaudi. Ich hab zweimal mit dem Autodrom fahren dürfen und einmal mit dem Kettenkarussell. Die Mama und ich haben eine Salzgurke gekriegt, die mir aber nicht geschmeckt hat. Habe ich sie halt in die Taschen von meinem Janker gesteckt.

Im Bierzelt hat es ein Hendl mit einer Kaisersemmel gegeben. Das Hendl war sehr klein, dafür aber teuer. „Hoisoschneider, vermaledeites Kommerziengsindel!", hat die Mutter gesagt und schon einen Grant bekommen. Deshalb hat der Vater nur vier Hoibe trinken dürfen, obwohl ihm die Musik so gut gefallen hat. Die „Original fidelen Käsekrainer" – oder so ähnlich – haben aufgespielt. Wie sie „Zipfi eini, Zipfi aussi, oba heit geht's guat" gesungen haben, hat die Mutter den Vatern und mich zurück zum Bahnhof geschleift, weil wir noch nicht heim wollten. Vor lauter Benzen habe ich aber noch eine Zuckerwatte gekriegt, von der ich mir auch was aufgehoben habe.

Daheim, am Abend, als der Vater und die Mutter wieder einmal gestritten haben, bin ich zum Franzl, der was noch zu klein ist zum Volksfestgehen, und hab ihm die Zuckerwatte überreicht. Die war zwar mehr ein Zuckerbatz, aber eine Freude hat er trotzdem gehabt.

Die restliche Salzgurken habe ich der Klara in den Hof gebracht, wo sie auf ihrem Strohbetterl geschlafen hat. Sie hat sich auch gefreut und mich mit dem Fotz dankbar angestupst.

Es war eine warme Nacht und Neumond. Ganz finster. Das einzige, was irgendwie hell war, waren die Brunzlacken von der

Sau beim Misthaufen. Die haben in der Nacht geglänzt wie wenn ein Riesenrudel Laterndelkäfer drin dersoffen warat.

Kategorisierung: Die Nachkommenschaft

In dieser Passage wird zweierlei verhandelt: das Paarungsverhalten geschlechtsreifer Landschaftsbewohner zum einen. Die Komponenten bäuerlicher Freizeitgestaltung zum anderen. Beide Topoi werden durch eines geprägt: die eminente Flüchtigkeit erfüllten Begehrens.

Dem Aufquellen der Keimzelle unserer Gesellschaft, der Familie, ist die Balz der Akteure zeitlich vorangestellt. Schön arbeitet der Erzähler die typische Choreographie bäuerlicher Brautwerbung heraus und klärt damit die eigene Ontogenese.

Die Verursacher derselben haben einander auf einer sogenannten Landwirtschaftsmesse erspäht. Darunter ist nicht primär ein sakraler Ritus zu verstehen, sondern eine agrotechnologische Leistungsschau mit rekreativem Mehrwert. Der kommerzielle Gottesdienst ist von massivem Ereignischarakter geprägt und erleichtert durch die damit einhergehenden typischen emotionalen Aufwallungen das Finden und Binden eines Geschlechtspartners. In der phänomenologischen Ontologie Heideggers entbirgt sich das Ereignis als Präsenz nichtfeststellbarer Prozesshaftigkeit, in dem das Wesen des Kruges sich im Guss des Bieres in den Schlund manifestiert und zugleich absent wird.[26] Der Erzähler weiß um diesen existenzialistischen Sachverhalt und erweist ihm in der vom Vater konsumierten Bier-Dekade seine Reverenz. Die Zahl Zehn steht in der Spieltheorie des Fußballs darüber hinaus auch für die Rolle des

[26] *Vgl. Martin Heidegger, Beiträge zur Philosophie (Vom Ereignis), Gesamtausgabe III. Abt. Unveröffentlichte Abhandlungen Vorträge - Gedachtes. Bd. 65*

Spielmachers – eine weitere Attraktivierung des Vaters in den paarungswilligen Augen der Mutter.

Ein Entbergen findet so auch auf der reproduktiven Ebene statt. Die Mutter erkennt den Vater, als dieser sinnfälligst die Zuchtstiere ihrer späteren sexuellen Vernutzung zuführt. Der Nasenring dient in dieser Szene übrigens als Verweis auf das „Piercing“ in seiner Funktion als devote Unterwerfungsgeste unter gesellschaftliche Erwartungshaltungen (i.e. rezente Körperrepräsentationstechniken). Der Vater seinerseits bietet eine Probe seiner Potenz und der verheißungsvollen Qualität seines Erbguts in der Zähmung der ihm physisch überlegenen Stiere. In der Bierhalle kommt es dann zur erwünschten Konfrontation der Elternteile, die kausal in anderer Form den späteren menschlichen Schöpfungsakt im biblischen Sinne verursachen wird.

Dem Gelingen der Bindung und der genetischen Verzweigung wohnt jedoch ab ovo deren mögliche Verflüchtigung inne. Bei der Nachstellung des Gründungsereignisses zu Beginn des Messeexkurses kommt es noch zu einem Austausch von Zärtlichkeiten in der geruchsästhetisch anheimelnden Viehhalle. Die nostalgische Erzählung des Vaters vom legendären Bierkonsum verdrießt die Mutter heute jedoch; mit dem Beweis von Trinkfestigkeit gelingt bei ihr schon lange kein sexuelles Bonding mehr.

Flüchtig, oh so flüchtig im Folgenden dann auch die Freuden der gestillten Sehnsüchte. Zwar kann der Erzähler den Genuss der Jahrmarktslustbarkeiten und Fahrgeschäftigkeiten hier im Text archivieren, zwischen den Zeilen oszilliert jedoch das Wissen um die Tücken des subjektiven Zeitparadoxons: Nichts dauert so kurz wie das Schöne[27], konkret eine Fahrt in Karussell und Autodrom. Kein dauerhafter Genuss ist auch der Salzgurke zu entlocken, ebenso wenig dem defizitär dimensionierten Brathuhn. Dem Vater wird der Biergenuss nur in niedriger einstelliger Zahl gewährt. Als er sich an verbalerotischem Liedgut (der Inhalt des erwähnten Textes wird verschiedentlich interpretiert, am triftigsten erscheint derzeit das verklausulierte Narrativ einer Kopulation) ausgleichend delektieren will, ordnet die Mutter den abrupten Rückzug an.

Wieder im angestammten Habitat, glückt es dem Erzähler, durch das Teilen von Vergnügungsrelikten (die Zuckerwatte gleichsam als Synonym für die Süße des Nichts) mit den Zurückgebliebenen seinen Genuss zu prolongieren. Klara gefällt das.

Der Tag endet in ruhiger Dunkelheit, die nur von mysteriös illuminierten Stoffwechselendprodukten beleuchtet wird. Ein Warnsignal für das Ende der familiären Beschaulichkeit.

Saujagd

Der Franzl und ich haben einen Schulkollegen, das ist der Christian. Der Franzl sagt es zwar nicht, aber der Christian geht ihm schon ein Zeitl ziemlich auf den Arsch. Das hab ich mitgekriegt, weil er in der Klasse gleich vor dem Katheder von der Lehrerin sitzt, die Strebsau, die depperte.

Weil der Christian einen Kopf größer ist wie der Franzl und ihm schon die Muckis gewachsen sind, hat er geglaubt, dass er ihn pflanzen kann die ganze Zeit. Mit einem Draht-U-Hakerl hat er dem Franzl auf die Birn geschossen, dass ihm ein Horn

[27] *Vgl. „Entschleunigung durch das Böse. Ödes und Blödes verleihen dem Leben Dauer“ der Verf. In: OÖN, 9.8.2008*

gewachsen ist. Und überhaupt hat er geglaubt, er ist ein Überdrüber, das Rauschkind. Mir hat er ja nix getan, weil er sich auf Gscheitere nicht traut.

Aber wie der Franzl einmal beim Hinaufgehen auf den Hof den ganzen Weg geweint hat wegen dem Christian, hab ich gewusst, dass wir was machen müssen.

Der Christian hat nicht weit von uns gewohnt. Wo genau, weiß ich nicht. Aber zwei-, dreimal hab ich ihn schon oben beim Bach gesehen, der bestimmt zu unserem Hof gehört. Zu ihm und seiner Backelrass sicher nicht. Trotzdem hat er dort gefischt mit einer Rollen Silk und einem Haken. Das kann ich bezeugen, bei Gott unserem Herrn.

Weil ich gewusst hab, wo der Christian zum Derwischen ist, hab ich den Franzl getröstet. „Mia wern uns rächn, und i woaß a scho wia", hab ich ihm gesagt, und der Franzl hat sich endlich die Tränen in die Jacken gewischt und sich hinein geschnäuzt.

Nach dem Mittagessen, es hat Erdäpfel mit Salz und Butter gegeben, was meine Leibspeis ist, sind der Franzl und ich in die Werkstatt gegangen. Mein Plan war nämlich, dass wir uns eine gescheite Munition machen. Da ist uns dem Vater seine große Flex grad recht gekommen. Drin war eh zufällig ein Blattl zum Eisenschneiden eingespannt. Die Flex haben wir in den Schraubstock gezwickt, damit wir sie nicht halten müssen. Dann hab ich sie eingeschaltet auf Dauerlauf. Ich wollte, dass wir uns auf der Flex ein paar Beilagscheiberln zuspitzen am Rand, damit sie ein bisserl mehr weh tun, wenn man sie mit der Steinschleuder schießt. Da muss man so ein Beilagscheiberl, am besten eines von einem 10er-Schraufen, mit dem Kombizangerl festhalten und rundum auf beide Seiten vorsichtig zuspitzen auf dem rennerten Flexplattl. Am Schluss schauen die Scheiberl aus wie kleine runde Messer.

Die Schleiferei war eine mords Arbeit. Wir haben den ganzen Nachmittag gebraucht. Zum Glück hat keiner was gehört, weil die Mutter mit dem Knecht Erdäpfelunkraut rupfen war, und der Vater auch nicht da.

Am Schluss, wie die Flex schon so komisch gestunken hat, haben wir vierzig von die scharfen Scheiberl gehabt. Vier oder fünf davon, wenn man übereinander legt ins Leder von der Steinschleuder, dann ist das ein schöner Schrot, wegen dem schon zwei Ratzen dran geglaubt haben. An denen haben wir getestet.

Jetzt ist die Jagd aber auf den Christian gegangen. Weil deppert gewesen, Fotzen gekriegt. Fotzen gekriegt, deppert gewesen. Ja, so schaut es aus. Der Franzl und ich haben den Geschissenen am Bach derwartet. Gesehen hat er uns nicht, weil wir sind unter die Buschen und zwischen den Brennnesseln gelegen.

Wie der Christian gekommen ist mit seinem Schwarzfischersilk, haben der Franzl und ich gleichzeitig geschossen. Ich glaub schon, das ich getroffen hab, und nicht der Franzl. Jedenfalls hat der Christian geschrien wie die Klara damals nach dem Deppenkräutlfressen. Dann ist er abgeschoben wie ein Pfitzipfeil.

Drei Tage war der Christian, der Beidl, nicht in der Schule. Im Krankenhaus haben sie ihm nämlich zwei Beilagscheiberl aus der Arschbacken herausschneiden müssen, so tief waren die drinnen. Auf dem Röntgenbild haben sie ausgeschaut wie ein Saufotz, hat der Christian erzählt. Uns nicht, aber den anderen aus der Klass, und die haben es uns gesagt. Weil mit mir hat er nicht mehr geredet. Und mit dem Franzl auch nicht. Das hat dem Franzl sehr getaugt. „Danke, Hiob, bist a guata Bruada!“, hat er gesagt zu mir. Da war ich ein bisserl stolz.

Kategorisierung: Der Vater aller Dinge

Selten findet sich in der Literaturgeschichte ein luzider konstruierter Text über kollektive Gewaltanwendung, umgangssprachlich „Krieg". Das ist insofern bedeutsam, als es in der Literatur global ausschließlich um Liebe und Krieg geht, alles andere ist Mumpitz. Doch die Liebe vergeht, Hass besteht: Der Krieg ist aller Dinge Vater, aller Dinge König, das weiß schon der dialektische Monist Heraklit.[28]

Es gelingt dem Erzähler dank psychologischer Raffinesse hier eine Allegorie für sämtliche 14.400 Kriege zu schaffen, die in der historisch belegten Menschheitsgeschichte archiviert sind. Kein typischer auslösender Faktor fehlt, vom virulenten Minderwertigkeitskomplex über bilaterale Hochrüstung bis zum ökonomischen Territorial- und Hegemonialkonflikt.

Der Kommilitone Christian löst durch übersteigerte edukative Ambition und physische Progression innerpsychische Aggressionen beim jüngeren Bruder aus. Als es zu einem offenen Gewaltausbruch kommt, bei dem Christian Franzl gleichsam hörnt, tritt der brüderliche Solidaritätsfall in der familiären Militärallianz ein. Da die Offensive die bessere Defensive ist, setzt eine rege Rüstungstätigkeit mittels avancierter Technologie ein. Die Trennhexe Flex ermöglicht kraft ihrer bis zu 13.000 Umdrehungen pro Minute einen signifikant höheren Impact bei Projektilen als ein mit manueller Kraft gebogenes Drahtstück. Letale Tierversuche im Nagetiermilieu stellen dies klar unter Beweis.

---

[28] Grammatikalisch bietet Heraklit stets mehrere semantische Optionen, deswegen hier der Wortlaut: „Polemos pantôn men patêr esti pantôn de basileus kai tous men theous edeixe tous de anthrôpous, tous men doulous epoiêse tous de eleutherous." Nietzsche irrte im Übrigen, als er aus der herakliteischen Oppositionalität Gott-Mensch den Übermenschen deduzieren zu können glaubte.

Stets verlangt das Ausbrechen eines bewaffneten Konflikts nach einer Auslösesituation, und wie immer fungieren hier wirtschaftliche Motivationen. Konkret stellen eine territoriale Grenzverletzung und ein Missachten der Fischereirechte den Casus belli dar. Die professionelle Durchführung spricht gegen das Delikt des Mundraubs.

Zur fundamentalen Legitimation der Fortsetzung der Nachbarschaftspolitik mit anderen Mitteln bedarf es zudem immer einer transzendenten Instanz. Vormoderne Kulturen berufen sich in der Regel auf eine Gottheit, die das unfriedliche Verhalten absegnen soll („bei Gott unserem Herrn").

Schließlich kommt es zur militärischen Eskalation. Die Form des Angriffs entspricht der amerikanischen Militärstrategie im posthistorischen Zeitalter. Nach Ende des Kalten Krieges setzen die Vereinigten Staaten bei der Propagierung ihrer liberalen Befreiungsideologie vermehrt auf „Preemptive Strikes". So verfolgen die Brüder denn auch die „Shock and Awe"-Taktik, die später durch den Verteidigungspoeten Donald Rumsfeld zu höheren Ehren gekommen ist. Die prophylaktische Operation gelingt mit chirurgischer Präzision. Der geschlagene Opponent wird – um den Triumph komplett zu machen – gleichsam mit dem Symbol des Wappentieres („Sau") achtern gebrandmarkt. Jedoch wird die Genfer Konvention missachtet, die eine fachgerechte Versorgung verletzter Kontrahenten vorschreibt.

Ein insignifikanter Makel angesichts der intersubjektiven Prestigesteigerung und fraternalen Bündnisverstärkung.

Saukerl

Wir Buben haben auf dem Dachboden geschlafen. Der Bertl auch. Die Mutter und der Vater drunter und ganz unten die Sau. Wie der Vater einmal auf der Nacht beim Wirten war, hab ich gehört, wie der Bertl aufgestanden ist und sich hinuntergeschlichen hat über die Holzstiegen. Ich bin dann auch aufgestanden, weil ich sowieso einen Durst gehabt hab, und neugierig war ich auch. Der Bertl ist hineingegangen zur Mutter ins Schlafzimmer.

Dabei ist die Tür ein Stückerl offen geblieben und ich hab hineinschauen können. Die Mutter hat gleich die Decken auf die Seite getan. Es hat ausgeschaut, als ob sie schon auf den Bertl wartet. Schnell wie der Blitz hat sich der Bertl das Nachtpfoad über den Schädel gezogen und sich zur Mutter gelegt, die, glaub ich, auch pudelnackert war unter der Tuchent. Dann haben sie geschmust und der Bertl hat sich auf die Mutter draufgelegt. Mir ist furchtbar heiß geworden. Und wie ich mir über die Stirn wisch, hab ich bemerkt, dass hinter mir auf der Stiegen der Franzl sitzt und auch schaut. Pscht, hab ich ihm gedeutet, obwohl das gar nicht mehr notwendig war, weil er war wie eingefroren, der Franzl.

Grad wie der Bertl zum Schnaufen und zum Grunzen anfangt wie eine Sau, schreit die Klara, als obs ans Abstechen gingert. So einen Plazer hab ich noch nie gehört und auch der Franzl, die Mutter und der Bertl nicht. Wie die Sirene vom Feuerwehrdepot, nur noch viel lauter.

Der Knecht ist von der Mutter heruntergesprungen, der Franzl und ich hinauf ins Bett wie der Wind. Die Mutter hat noch zum Bertl gesagt. „Geh schnö, i moa da Baua kimmt." Und wirklich haben wir gleich drauf den Vater die Stiegn vom

Saustall heraufttrampeln gehört. Wie er ins Schlafzimmer hinein ist, haben wir noch mitgekriegt, wie die Mutter schimpft: „Bist scho wieda augsoffn, du grauslichs Oaschloch!“ Der Vater hat die Schlafzimmertür zugeschmissen und dann haben wir nichts mehr verstanden von dem Streit, der was noch ein ordentliches Zeitl gedauert hat.

Ganz leise hat mich der Franzl gefragt: „Wos wird des no werdn mit der Muata, dem Vatan und dem Bertl?“

„I woaß a net“, hab ich ihm gesagt. „Kumm, schlof ma iatzt.“

Am nächsten Tag in der Früh hat der Vater den Bertl mit dem Traktor ins Spital führen müssen, damit er keine Blutvergiftung kriegt. Weil die Klara hat ihn beim Füttern ins Knie gebissen bis auf die Knochen. „De Sau stich i o“, hat der Bertl geschrien. Aber der Vater hat gesagt: „Des losst sche bleim, sunst kriagst vo mia den Feitl!“ Die Mutter hat sich die ganze Zeit nicht anschauen lassen. Ich glaub, da hat der Vater spitz gekriegt, dass ein Radl im Dreck rennt.

Kategorisierung: Germinal – Soziale Gärungsprozesse

Es hebt das Aufkeimen des Umsturzes an. In diesem Kapitel eskaliert die Insubordination der agrarischen Unterschicht erstmals offen. Es beginnt wie so vieles mit einer sexuellen Vereinigung. Das gärende Auf-Begehren des Knechts sucht sich einen Kanal und findet ihn in der Herrin. Er füllt die Lücke, die durch die alkoholinduzierte Absenz und ergo Triebstillstellung der Gatteninstanz entsteht. In der monogam-patrilinearen Gesellschaftsordnung des vorhergehenden Jahrtausends ist der Ehebruch die stärkste Waffe in der Hand des geknechteten Proletariats. Eine kühne Revolte, zumal es sich bei der illegalen

Beiwohnung im katholischen Kontext um ein kapitales Delikt gegen Gottes Strafgesetzgebung handelt.[29]

Durch die Augenzeugenschaft der Söhne kommt dem außerehelichen Interkursus zusätzlich zur gesellschaftspolitischen Brisanz eine eminent ödipale Bedeutung zu. Auch wenn es sich beim Beischläfer nicht um den eigenen Vater handelt, beobachten die Kinder die psychopathogene Urszene schlechthin. In seiner Psycho-Mythologie hatte Sigmund Freud den Fall des „Wolfsmannes" beschrieben, der als Kind seine Eltern beim Geschlechtsverkehr beobachtet hatte und später an Depressionen und Antriebslosigkeit litt. Am parentalen Koitus entzünde sich folglich der Herd für infantile Neurosen. Der Erzähler bricht denn auch in Schweiß aus (während der kleine Bruder paradox vereist). Beide verharren antriebslos und verstört in ihrer heimlichen Beobachterposition.

Aktiv wird jedoch Klara. Der Schrei des Schweins skandiert den sexuellen Sündenfall. Kurz nach einem äthanolintensiven Besuch des nun Gehörnten im Saustall, erfolgt der kassandrinische Alarm der Sau, die sich in der Herr-Knecht-Dialektik klar deklariert und ihrem quasi-paternalen Vorgesetzten den evidenten Beweis für sein Obsoletwerden ersparen will. Die Adressaten – sich noch eben in animalischem Idiom und Akt befindlich – interpretieren den humanoiden Warnruf der Sau richtig und halten in ihrem familiär und sozial zersetzenden Treiben inne.

Der sexuellen Er- und Interruption folgt logisch das Aufbre-

[29]Strenger wurde Ehebruch im antiken Griechenland bestraft, wo die einschlägigen Delinquenten mit Rettich oder Meeräschen im Darmausgang zu rechnen hatten. Das Christentum verzichtet auf die Steinigung der Frau, seit Jesus das Werfen von Steinen in Glashäusern kritisierte. Grundsätzlich hat laut jüngstem Ernkenntnis des Vatikanischen Strafgerichtshof laut § 123 a immer die Frau Schuld, zumal sie über eine höhere Kontrolle über ihren Sexualtrieb verfügt.

chen der institutionalisiert-monogamen Triebstabilisierung. Die nunmehr triangulare und explosive Konstellation wird durch die Interferenz der Sau negativ dynamisiert. Wie die Mutter interpretiert auch der Vater deren dentale Attacke auf des Knechtens Knie richtig. Er bewahrt sie durch Androhung robuster Gegenmaßnahmen vor den tödlichen Vergeltungsandrohungen des Gebissenen.

Der Entgleisung folgen Verfall und Tod.

Sauziehen

Es ist hernach eine Zeit auf dem Hof angegangen, die war ruhig, zu ruhig. Der Vater und die Mutter haben fast nichts miteinander geredet, nur was man halt so braucht, damit die Arbeit weitergeht. Zum Mosttrinken ins Dorf ist der Vater eine Zeit lang nicht mehr gegangen. Am Abend hat er sich auf die Ofenbank in die Stuben gelegt und dort geschlafen. Die Tür zu der Stiegen ins Schlafzimmer hat er immer offen lassen. Deshalb hat sich der Bertl nicht mehr hinuntergetraut zur Mutter.

Dem Franzl hat die ganze Geschichte nicht gut getan. Oft hat er geweint in der Nacht und Augenringe hat er gekriegt wie Aschenbecher. Sogar die Lehrerin, die Geiß, hat sich schon Sorgen gemacht. Aber getan hat sie nichts. Nur lang und blöd den Franzl angeschaut.

Wie der Vater mit dem eingefaschten Bertl vom Spital heimgekommen ist, hat er als erstes die Sau aus dem Stall gelassen und die Saustalltür mit dem Vorschlaghammer aufgespreizt. Die Klara ist seitdem nur noch zum Schlafen in ihren Kobel gegangen, wenn überhaupt. Am Tag hat sie sich aufgeführt wie der stolzeste Hofhund.

Nach einer Wochen, wo er wegen seinem hinichen Knie nur umeinander gelegen ist, hat der Bertl langsam wieder zum Arbeiten angefangen. Und die Klara ist ihm auf Schritt und Tritt nach. Wo der Bertl hingegangen ist, war die Klara auch, immer so in einem Abstand von ein paar Meter. Sie hat ihn nicht aus den Augen gelassen, so wie der Fuchs die Henn. Nun wenn der Bertl ins Dorf hinunter ist, hat sich die Sau hingelegt, immer neben dem Opa seine Sonnbänk. Damals hat der Vater angefangen, dass er mit der Klara redt. Die Mutter hat das geärgert, dass er mit der Sau redt und nicht mit ihr, weil man mit einer Sau einfach nicht redt. Wie das zwei Wochen so gegangen ist, hat sie ihm gesagt: „Entweda die Sau oder i!"
„Do woaß i net, wos ma liaba is", hat der Vater gesagt, hat sich umgedreht und die Mutter stehen gelassen wie ein offenes Heubodentürl.

Die Klara hat das nicht gehört. Die hat nämlich gerade den Bertl bewacht, der sich im Häusl, das neben dem Misthaufen steht, versteckt hat. Die Klara ist vor dem Abtritt gestanden und hat geschnüffelt, als würd der Bertl drin Parfüm scheißen.

Kategorisierung: Eiszeit

Nach dem Sündenfall kommt die Kälte, ein Frost Bernhardscher Epik. Die glaziale Verhärtung der Geschlechterfronten legt das zuvor virulente Begehren still. Ebenso das freie Schweben der Signifikanten[30], den intersubjektiven Informationsaustausch. Die verbale Kommunikation reduziert sich auf das zweckorientierte Aufrechterhalten der alltäglichen Praxis. Vater und Mutter sowie die Erziehungsexekutive nehmen im Kontext

[30] *Vgl. Jean Baudrillard, Virtuelle Katastrophen. Kunstforum International 105. 1990, pp. 265-272*

dieser familiären Vergletscherung pädagogische Kollateralschäden in Kauf: „Die Kinder leiden am meisten darunter."[31]

Vom Erliegen der verbalen Intersubjektivität profitiert die mystisch immer weiter menschwerdende Sau. Ihre animalische Interferenz in die humane Sexualität wird mit der Emanzipation und Aufwertung im agrarischen Beziehungsgefüge belohnt. Ihre Beobachterposition verleiht ihr ein ungeahntes Machtpotenzial und enthebt sie (kurzfristig) der Knechtung. Während die geöffnete Luke für den Knecht eine Triebstillstellung bedeutet, befreit der offene Koben die Sau von ihrer natürlichen Rollenfestlegung.

Spätestens an dieser Stelle drängt sich die Analogie zu Orwells „Animal Farm" auf. Die Rebellion gegen alles, was zwei Beine hat, geht von den Schweinen aus, die als die klügsten Haustiere gelten. Deren spätere Pervertierung des Animalismus und die Rück-Anbiederung an die oppressiven Menschen machen die Segnungen der kommunistischen Emanzipation zunichte. Klara agiert zwar politisch anders, die mangelnde Distanz zum Menschen wird ihrer privaten Revolution aber schließlich das Genick brechen.

Als Sanktion für den Ehebruch und in unbewusster Referenz auf den zuvor erwähnten Franz von Assisi verlagert der Vater die Kommunikation auf Klara. Als ob der Dämon des verstorbenen Großvaters in das Schwein gefahren wäre[32], als ob durch den Austausch mit der Sau eine Präsenz des Übervaters über den Tod hinaus möglich sei.

---

[31] *Max Goldt. Der Krapfen auf dem Sims. Hamburg: Rowohlt, 2004*

[32] *Vgl. Mk 5: „Lass uns in diese Schweine fahren", bettelten die Dämonen. Jesus erlaubte es ihnen. Jetzt ließen die bösen Geister den Mann frei und bemächtigten sich der Schweine, die den Abhang hinunter in den See stürzten. Und alle zweitausend Tiere ertranken. Sowie Lk 8: „In diese Schweine wollten die Dämonen fahren, und Jesus erlaubte es ihnen."*

Für diesen transzendenten Deutungshorizont ist die Mutter blind. Ihr Ultimatum verursacht einen Affront und deckt auf, dass für den Vater die emotionale Hierarchie zwischen Natur und Kultur aus dem Lot geraten ist.

Saureiten

Auf einmal war er weg, der Franzl. Nach der Schul hat ihn keiner mehr gesehen. Zum Mittagessen war er schon nicht da. Und wie es zum Abendessen geworden ist, war er immer noch nicht da. Dabei hat es gröste Knedln gegeben, und das war seine Leibspeise, obwohl er immer nur die zweitgrösten gekriegt hat.

Die Mutter und der Vater haben sich Sorgen gemacht und der Knecht auch schon. Drum sind wir ihn suchen gegangen. Zu den Nachbarn und bis hinunter ins Dorf. Geschrien haben wir „Franzl, Franzl, kim zuwa!“, bis wir heiser geworden sind. Dann ist es finster geworden und der Vater hat gesagt: „Hot koan Sinn, dass ma weidasuchan, ma siagt jo de Haund net vorm Gfries.“ Dann ist er zum Gendarm gegangen und die Mutter, der Knecht und ich heim. Ich hab ins Bett müssen, aber vor lauter Sorgen war nix mit schlafen, außerdem hat es die ganze Zeit in der Stuben rumort.

Lang nach Mitternacht hab ich die Klara von unten herauf schreien gehört und alle sind wir aus dem Bett und in den Hof hinunter. Da steht die Sau da und der Franzl liegt auf ihrem Buckel und schlaft selig wie ein Baby. Die Mutter hat ihn gleich gepackt, abgebusserlt und ins Bett gebracht, obwohl er recht gestunken hat. Der Knecht und ich sind dann auch schlafen gegangen. Nur der Vater war noch nicht da, weil der war wahrscheinlich noch unten beim Wirten.

Am nächsten Tag hat mir der Franzl verzählt, was passiert ist. Er wollt nämlich von daheim abhauen und ans Meer gehen und mit dem Schiff nach Amerika fahren, weil er die Streiterei von der Mutter und dem Vatern nicht mehr aushalt. Drum hat er sich die festen Schuhe angezogen und ist fort mit einem Proviant im Hosensack, was ein gekochter Erdapfel war. Zuerst ist er ins Dorf hinunter, da hat er den Erdapfel schon gegessen gehabt, und dann in Richtung Landstraßen hinaus. Sein Hunger war aber immer noch da. Und da siecht er den wamperten Wickerl auf seiner neuen Terrassen sitzen und einen Leberkas verschlingen. Der Wickerl ist der Direktor von der Raiffeisenkassa und weitum bekannt als ein noderter Hund. Er hat sich einen Bungslo hingebaut, gleich beim Ortsschildl. Wie ihn der Franzl um ein Stückl vom Leberkas gfragt hat, hat er gesagt: „Schleich di ham, du aufgstöda Mausdreck, bevur i da den Marsch blos!"

Da wollt der Franzl schon weiterwandern, aber plötzlich hat das Telefon vom Wickerl geklingelt, der hat nämlich schon einen ganzen Viertelanschluss von der Post gekriegt. Also ist er hinein ins Haus. Der Franzl, nicht fad, hupft über die Thujen, die noch nieder waren, weil frisch angesetzt, und reißt sich ein ordentliches Trumm vom Leberkas herunter. Gehört hat er noch, wie der Wickerl am Telefon sagt: „Nix da, dem Schneider-Baun nehma ma zerscht die Kia und dann den ganzen Hof."

Leider war jetzt der Wickerl schneller wieder auf der Terrassen wie der Franzl in Sicherheit. Und gleich hat er bemerkt, dass was vom Leberkas fehlt, und er ist dem Franzl nachgerennt und hat immer wieder gebrüllt: „Du Diab!", und dass der Franzl ins Häfen kommt, wenn er ihn derwischt. Die Angst hat beim Franzl angeschoben wie eine Diesel-Lok, und er hat es bis zum

Bach geschafft, wo er in der Au verschwunden ist. Außerdem hat der Wamperte eh geschwitzt wie ein Schwein und nicht mehr können.

Von der Au ist der Franzl in den Wald und hat sich prompt verlaufen. Wie es finster geworden ist, hat er sich in einer alten, hohlen Linden zusammengerollt und ist eingeschlafen. Dort hat ihn die Klara gefunden und mit der Schnauzen vorsichtig aufgeweckt. Wie wenn er das schon immer so gemacht hätt, ist der Franzl auf der Sau heimgeritten. Grad wie die Sau durch den Garten vom wamperten Wickerl geht und mit dem Fotz den frisch angesamten Rasen aufgewühlt und die Waschbetonplatten umdreht, ist er seelenruhig eingeschlafen, der Franzl, und erst daheim wieder munter geworden. „Des wor a Obenteia, net schlampert!“, hat er gesagt am nächsten Tag, aber ganz geheuer war ihm die Sache nicht. Das habe ich ihm an der Nasenspitze angesehen, die immer noch dreckig war.

Kategorisierung: Raue Seiten – The not so Great Escape

Das unwucht gewordene familiäre Gefüge macht sein jüngstes Mitglied zum sozialen Klimaflüchtling. Der Protagonist dieses Kapitels wird bei den an Nahrungsaufnahme gekoppelten täglichen Kontrollstationen des Lebensvollzugs als vermisst registriert. Nicht einmal das Angebot gerösteter Klöpse kann die Absenz aufheben.

Der realisierte Eskapismus Franzens inkommodiert die Zurückgebliebenen erheblich. Sehr plausibel, dass hier auch eine Projektion der Volljährigen geschieht, denen für ihre komplexeren Miseren kein ähnlich simpler Fluchtweg zur Verfügung steht. Die Suche nach dem entschwundenen Kind korrespondiert mit ihrer transzendenten Sinnsuche auf der metaphysischen Ebene. Rezente Forschungsergebnisse[33] sind den rustikalen Hermeneutikern nicht zugänglich, also müssen sie auf archaische Suchmaschinen (Akustik, Visualität) zurückgreifen. Die Nachforschungen werden durch eine solare Verfinsterung endgültig zunichte; einzig der Vater zieht noch die Exekutive hinzu – allerdings mit unlauteren Intentionen. Beim Erzähler paart sich zur Sorge um den flüchtigen Bruder die Sorge über die Wiederholung des mütterlichen Sündenfalls.

Doch erneut löst der Signalruf der Sau Handlungsdynamik aus. Sie war zum Suchhund mutiert und hat im Zuge dieser Funktion den Abgängigen detektiert und rücküberstellt. Die Rettung geschieht um den Preis der hygienischen Integrität des Bruders, jedoch zur allgemeinen Erleichterung der Akteure. Getreu der Gesetzeslage im Strafrecht bleibt die Flucht aufgrund des Verweigerungsrechts unsanktioniert.

Das Narrativ zum Ausbruch liefert der Bruder am folgenden Tag nach. Als ursprünglich geplanten Zielort gibt er das Meer an – ein äußerst beliebtes Topos in der Fluchtliteratur und in Kinderbiographien. Ebenso strukturell bedingt ist das deutliche Nichterreichen der maritimen Destination. Je auratisch schillernder der Fluchtpunkt, desto größer das Potenzial des Scheiterns. Das Versagen ist schon der mangelhaften Verpflegungslogistik inhärent: 100 Gramm Kartoffeln haben einen Brennwert von nur 298 Kilojoule. Eine Knolle des Solanum tuberosum wiegt durchschnittlich 250 Gramm, kann also den Kalorienbedarf eines minderjährigen Kindes höchstens 2,53 Stunden decken.

Auch die eigenen Beine als Fluchtvehikel zeugen von einer unzulänglich geplanten Exit-Strategie. So muss es nicht ver-

[33] *Vgl. Douglas Adams' "Deep Thought" bzw. "42" als die holistische Antwort ("The answer to life, the universe and everything").*

wundern, dass Franz nicht an der Meeresküste landet, sondern in den Fängen eines Finanzhais.

Als Vertreter des Proto-Spekulationskapitalismus ist „Wickerl" (landl. für „Ludwig") versehen mit sämtlichen zeittypischen Erfolgsattributen. Übersetzt steht sein „Bungslo" für „Immobilie in Top-Lage", der Viertelanschluss für „Blackberry ProExecutive", der „Leberkas" für „Foie Gras an konfierter Zitrone" und die Thujenhecke für „Hedgefonds". Mit ebendiesen gelingt die Flucht an küstenferne Finanzplätze heute leicht. Von solchen zukunftsverwaltenden Transaktionsgeschäften versteht Franz nichts, seine Kompetenz beschränkt sich auf den unmittelbaren Wunsch, den Leberkäse in seinem Stoffwechsel gewinnbringend zu veranlagen.

Während der Bankdirektor per Telefon eine Kapital-Umverteilung exekutiert, verleibt sich Franz einen großen Anteil des Fleisch-Derivats ein. Der solcherart deprivierte Expropriateur gerät darob in starke Gemütserregung. Er fordert für das Delikt des Mundraubs Freiheitsentzug und schickt sich an, dies erneut selbst auch gleich zu vollziehen. Nur seine physische Insuffizienz vereitelt die autonome Justizausübung. Bei der metaphorischen Beschreibung dieses Geschehens unterläuft dem Erzähler im Übrigen ein landläufiger Lapsus: Schweine schwitzen schwer.

Nach der letzten Kraftanstrengung im anachronistischen Kampf gegen den nationalen Heuschreckenkapitalismus verlassen den Bruder der Orientierungssinn und später das Bewusstsein. Die perzeptiv weit über ihre Gattungsgrenzen hinaus begabte Sau macht ihn jedoch nicht nur ausfindig, sondern vollzieht auch einen laut WTO-Regelung legitimen vergeltenden Retorsionsakt am Arsenal der Statussymbole.

Dem abenteuerlichen Ausbruchsversuch folgt der Verlust eines Vorfahren.

Schweinekasten

Die Oma, die was schon mit dem Opa im Auszugshäusl gewohnt hat, so lange ich mich erinnern kann, ist fast nicht mehr vor die Tür hinausgegangen. Angefangen hat das damit, dass sie kurz nach dem Opa seinem Begräbnis ihr Feiertagsdirndl angelegt hat, zum Bahnhof gegangen und dann mit dem Triebwagen in die Stadt gefahren ist. Zurückgekommen ist sie mit dem Taxler-Rudi, der mit seinem weißen Opel Kadett Kombi noch nie bei uns auf dem Hof heroben war. Er hat ihr aus dem Kofferraum eine Mordskisten herausgehoben und in die Stuben getragen. Drin war ein Fernseher. Den hats gekauft für den Opa seine Goldzähne, die sie ihm gscheiterweise gezogen hat, bevor sie ihn hat eingraben lassen.

Wie die Kisten aufgestellt war, ist sie fast nur noch davorgehockt. Der Franzl und ich sind am Anfang gern zu ihr fernsehen gegangen, bis uns die Mutter in die lang gezogenen Ohrwascheln gesagt hat, dass es eine Arbeit gibt. Dann hat die Oma nur noch allein geschaut – oder fast. Weil oft hat die Klara, die mit ihre Vorderstelzen in die vertrockneten Geranien von der Oma ihrem Schlafzimmerfester gestanden ist, auch hineingeschaut in die Glotzen. Die Sau haben aber nur die Nachrichten interessiert. Wenn der Heinz Conrads gekommen ist und gesagt hat „Griaß eich die Madln, servas die Buam!“, ist sie immer herunter von dem Blumenkistl und scheißen gegangen auf den Misthaufen.

Da ist mir wieder eingefallen, was noch in dem Heiligenbuch vom Franzl gestanden ist, nämlich dass die Heilige Klara von

Assisi die Schutzpatronin vom Fernsehen ist. Warum ausgerechnet die das geworden ist und nicht eine andere, vielleicht eine, die durch einen Stromschlag gestorben ist, frag ich mich schon. Aber es könnt ja sein, dass die Heilige Klara und ihre Nonnen immer in die Ferne geschaut haben, ob nicht doch der liebe Gott, der Jesus oder sonst irgendein Mann – vielleicht mit einem Krug Most – daherkommt, damit sie nicht mehr so damisch sein müssen.

Mit der Zeit ist die Oma stinkert geworden. Vor lauter in die Glotzen Schauen hat sie sich nicht mehr gewaschen. Und gegessen hats auch fast nichts mehr. Immer weniger ist sie geworden, was uns aber nicht gleich so aufgefallen ist, weil wir haben sie ja doch noch so jeden zweiten Tag gesehen, wie sie aufs Häusl gegangen ist in die Schlapfen und dem halboffenen Morgenkittel, der was schon ganz fleckig war.

„Ein schleichender Prozess", hat der Doktor gesagt, kurz nachdem wir die Oma als eine Hiniche auf dem Klo gefunden haben. In Wirklichkeit hat sie die Klara gefunden, die den Vatern in den Gürtel gebissen und zum Häusl gezogen hat. Dort ist die Oma sitzert an der Wand gelehnt, und in der Hand hat sie noch ein halbertes Blattl von der Kronenzeitung gehalten, wo eine drauf war, die was fast kein Gewand angehabt hat. Wie die Oma, nur viel jünger.

Kategorisierung: Scheinkastenwesen

Ein weiteres Mal zeigt sich die Existenz als das Scharnier zwischen Leben und Tod. Im Schlussbild mit der Nackten und der Toten amalgamieren Eros und Thanatos aufs Sinnfälligste. Die Krone der Erschöpfung.

Dem Anschein nach noch mitten im Leben, ist die Großmutter schon vom Tod umfangen. Sie erwartet ihn in lokaler Distanz zur dysfunktionalen Kernfamilie. Ihr Rückzug aus der vitalistischen Lebensbewältigung hebt an mit einem letzten Akt textiler Feierlichkeit. Sie kehrt nach Veräußerung der letzten großväterlichen Relikte mit einem Opel Kadett heim, der im Vergleich zum marktbeherrschenden und politisch unzuverlässigen VW-Käfer ein weitaus moderneres Konsumgut darstellte. Mit dem Kadett kommt der Zugang zu telemedialer Scheinwirklichkeit in die Medienwüste „Bauernhof". Entgegen der offiziellen Propaganda zum Zwecke seiner Etablierung als Massenmedium verursacht das Fernsehgerät das Ende real-sozialer Teilhabe der Großmutter.

Insofern ist die Erzählung von ihrem Ableben als Stellvertreterin der prätelevisionären Epoche eine deutliche Parabel auf Günter Anders' These[34] von der prometheischen Scham des Menschen angesichts seiner eigenen Hervorbringungen: Das Leben der Großmutter erscheint gegenüber der funktechnisch konstruierten Pseudorealität als antiquierte und im Grunde überflüssige Daseinsform. Sie erliegt der strukturellen Gewalt des zukünftigen Leitmediums.

Als ob die Sau Klara ihrer fern- und hellsichtig begabten Namensheiligen[35] gerecht werden wollte, fungiert und scheitert sie durch ihren betont selektiven Ko-TV-Konsum als Warnsignal. Ihr Aufsuchen des Misthaufens zwecks Defäkation ist im Übrigen als eine indezente Anspielung auf nichtkonforme Präferenzen des erwähnten Großconférenciers zu verstehen.[36]

Im „Schweinekasten" wird die Dekonstruktion psychoanalytischer Paradigmen besonders deutlich in Form einer inversen

[34] *Günter Anders, Die Antiquiertheit des Menschen. Über die Zerstörung des Lebens im Zeitalter der dritten industriellen Revolution. München, C. H. Beck, 1980: Vgl. auch Paulo Virilio, Krieg und Fernsehen.*
[35] *Vgl. dazu die Installation Klaras als Heilige durch Pius XII; Acta Apostolica Sedis, 1958, p. 512-513.*

Sublimation: Die sinnlich-vitale Bedürfnisbefriedigung wird nicht zu verfeinerten Kulturtechniken aufgewertet, sondern zu medialen Sozialsubstituten einreduziert. Die Großmutter verweigert sich der Familie, der Hygiene und der Nahrungszufuhr – eine Vorwegnahme späterer wirtschaftspolitischer Errungenschaften (vgl. „Private Sender“ zwecks Bildung einer bildungsfernen Konsumentenschicht zur Sicherung der Inlandsnachfrage).

Die moribunde Großmutter tut es dem Großvater gleich und verabschiedet sich gleichfalls olfaktorisch auffällig aus der Welt. Eine letzte sinnliche Präsenz in ihrer akut werdenden Absenz. Zum Tod auf dem „Häusl“ findet sie in einem letzten hellsichtigen Akt das passende Papier.

Das Unterschichtenfernsehen fordert seinen Tribut. Ein nicht eben subtiler Hinweis auf die Vernichtung traditioneller bäuerlicher Lebensgewohnheiten durch neue Medien.

Saustechen II

Natürlich ist es der Klara an die Gurgel gegangen. Es hat ja wieder eine Zehrung zum Ausrichten gegeben und Geld für ein Rindfleisch war immer noch keines da. Die Mutter hat gar nichts sagen brauchen, der Vater hat gewusst, was er tun muss. Obwohl Freude hat er keine gehabt, wie er den Onkel Karl zum Schlachten hat holen müssen. „Dass d'ma jo schaust, dass d'Klara nix mitkriagt“, hat er dem Karl gesagt, der schon den Schussapparat scharf gemacht hat mit einer Patron. „No na“, hat der Karl grantig zurückgegeben, „i hab scho Saun hamdraht, do hast du nu gor net gewusst, was in d'Wiascht kimmt.“

[36] Über die Figur Heinz Conrads schreibt Franz Schuh im Falter 35/04: „Heinz Conrads und Thomas Bernhard, sein Gegenbild – man könnte sagen, die zwei symbolisieren den gefräßigen Doppeladler im Geistesleben der Zweiten Republik.“

Die Mutter hat ein Wasser heiß gemacht zum Abreiben von der Haut und das Schaffel für das Saublut ausgewaschen. Der Franzl und ich sind auch im Hof gewesen und umeinander gestanden wie Wimpelstangen. So richtig gewusst, wie es uns geht, haben wir nicht.

Auf einmal ist die Klara daherspaziert. Alle haben wir sie angeschaut wie der Ochs den Berg, außer der Onkel Karl, der hat die Augen in den Himmel gedreht und schnell den Schussapparat hinter seinem Buckel versteckt. Die Klara ist zuerst zum Franzl hin und hat ihm die rechte Hand abgeschleckt. Mir alle beide. Der Mutter hat die Sau nur kurz in die Augen geschaut. Und beim Vater hat sie ihren Kopf an seinem Knie ein paar Mal auf- und abgerieben wie eine Katz. Dann hat sie sich vor dem Saustall hingelegt und die Augen zugemacht. Aber ich glaub, sie hat nur so getan, als ob sie schlaft.

Der Onkel Karl hat dem Vater einen Steßer gegeben und gesagt: „Gemmas au!" Der Vater ist zur Klara, hat sich niedergehockt und die Schlaferte hinter die Teller gekratzt, wie sie es immer so gern gehabt hat. Dann ist der Karl auch in die Knie gegangen, hat der Klara den Schussapparat an die Stirn gesetzt und bumm. Die Klara hats gerissen, dass der Vater und der Onkel im Dreck gesessen sind. Dann hat der Karl das Blutschaffel untergelegt und der Sau mit seinem Schlachtmesser die Gurgel aufgemacht. Zuerst schnell und dann immer langsamer ist die Klara ausgeblutet.

Der Franzl und ich sind immer noch eingefroren gewesen. Bis die Mutter gesagt hat: „Stehts net umanaund wia die Ögötzn! Geht's spün, da nehmts eich die Augn!"

Die Oma war gerade zwei Tag tot, die Klara vielleicht einen halben, da haben der Vater und der Onkel Karl das Saufleisch schon zum Wirten hinuntergebracht. Der Vater hat dann dort so viel Most getrunken, dass er beim Heimgehen mitten in der Nacht unter der Buchen neben der Kapellen vom Mayr-Bauern eingeschlafen ist. Da drin hängt ein Bild vom Jesus und einem Mohrl, und drunter steht: „Simon von Cyrene hilft Jesus das Kreuz tragen." Das Kreuz mit dem Most war an dem Abend dem Vater wahrscheinlich viel zu schwer und keiner da, der ihm geholfen hätt.

Der Franzl und ich waren anderntags schon unterwegs auf dem Weg in die Schul, als der Vater aus der nassen Mayr-Wiesen aufgestanden ist. Ausgeschaut hat er, als hätt ihn wer durch den Fleischwolf gedreht. Die einzige Farbe in seinem Gesicht war das Rote von seine Augen. Zu uns hat er kein Wort gesagt, nur einen Deuter gemacht, dass wir weitergehen sollen. Dann ist er heim gestolpert. Zum Glück war der Bertl auch nicht daheim die Nacht, weil er der Lehrerin nachgestiegen ist, und wer weiß, was dem eingefallen warat anhand vom derart angesoffenen Vatern.

Kategorisierung: Konkrete Dekonstruktion II

Der Tod der Großmutter, das Ende der Vergangenheit hat für Klara fatale Folgen. Es verursacht die im ersten Kapitel bereits erwähnte finale, fleischliche Dekonstruktion der Sau. Eine letzte Rache der Ahnin und das Ahnden für die hoffärtige Grenzverletzung des Schweins in einem. Seine humanoide Anmaßung lässt es in die intersubjektiven Verwerfungen in der absterbenden Keimzelle Familie geraten und zugleich zum Kollateralschaden der paradigmatischen Ablöse bei der medialen Vermittlung der Wirklichkeit werden (Video killed the Pig: Klara als zweites TV-Opfer nach der Großmutter).

Am Ende erweisen sich die Grenzen der Ontologie als trügerisch.

Ironisch der Hinweis des dekonstruktivistischen Fleischhauers auf den inkommensurablen Inhalt einer Wurst: bekanntlich eine Unentscheidbarkeit, Schrödingers Katze vergleichbar: „Der Magen einer Sau, das Herz einer Frau, der Inhalt einer Wurscht bleiben ewig unerfurscht.“[37]

Wie das Lamm lässt sich die Sau gleichsam zur Schlachtbank führen. Das Vergießen ihres Blutes wird für ihre Schlächter jedoch keine Erlösung bedeuten; ganz im Gegenteil. Es schreit vergeblich zum leeren Himmel. Wie die Jünger am Ölberg[38] müssen die Kinder Klara tatenlos ihrem Tod entgegengehen lassen. Im Gegensatz zur televisionär umnachteten Großmutter empfängt das Schwein seinen Tod in humanoider Luzidität – das Todesbewusstsein ist ihr letzter Akt als mensch-schweinischer Dämon. Eine epische Sterbeszene: Klara nimmt das Fehlurteil hin und verabschiedet sich mit sokratisch anmutender Abgeklärtheit.

Der Vater ist gezwungen, Handlanger des Todesschergen zu sein. Seine Passionsgeschichte korreliert mit jener der Sau, sein Status ist ebenso prekär geworden wie jener eines Schweins, das sich angemaßt hat, mehr zu sein als seine Artgenossen. Das Äthanol macht aus dem Vater weniger – er verkörpert das Bröckeln des Patriarchats durch die Emanzipation von Frau und Knecht. Sein Leid unter der Last entlädt sich kurzfristig im

[37]*Die nichtgödelisierbare Wurst – ein rares Topos in der Literaturgeschichte. Vgl. Gödels Beweis der Unentscheidbarkeit; literarisiert von G. Glechner, in Bearbeitung durch D. Meindl in „Von Handtaschen und Saumägen“, OÖN, Dezember 2007.*

[38]*Lk, 22,39: „...ging zu den Jüngern zurück und fand sie schlafend.“ Vgl. auch Zwinglis reformatorische Kritik an katholischen Heiligenabbildungen.*

exzessiven Missbrauch der Landessäure. Most wanted – ein weiteres wesentliches Leitmotiv in diesen Aufzeichnungen. Die Brüder werden Augenzeugen der im Suff endenden väterlichen Autorität. Der Himmel über ihnen ist leer; niemand hilft dem Vater, das Kreuz auf seiner ganz persönlichen Via dolorosa zu tragen.

Eine subtile Assoziation des Autors ist die Kontrastierung des weißen Gesichts des Vaters mit dem Schwarz des Simon von Cyrene, im Kontext christlicher Mythologie der erste afroafrikanische Heilige.

Ein Fanal für den sich abzeichnenden Machtwechsel.

Sause

Die Oma war schnell eingegraben, weil eh nix mehr dran war an ihr, und dann sind die Leut am Abend beim Kirchenwirt gesessen und haben die Klara gegessen. Ich hätt von ihr nichts hinuntergebracht, und drum hab ich nur die Semmelknödel hinuntergewürgt und das Stöcklkraut.

Wie der Wirt das Essen schon wieder abservieren wollt, hat was zum Passieren angefangen, dass ich geglaubt hab, mir bleibt das Hirn stehen. Als erstes hat es dem Bertl den Fetzen ins Hirn hineingedreht. Der ist plötzlich aufgesprungen vom Wirthaustisch und hat irgendwas, was keiner verstanden hat, geplazt. Wie ein ausgewachsenes Rumpelstilzchen hat er getobt und herumgeschrien. Das war am Anfang noch eine Gaudi und der Wirt hat gesagt: „Wird er eine Tollwut gekriegt haben, der Bertl, haha!“ Drauf haben alle gelacht, so lange, bis sie sich vor lauter Husten fast angespieben haben.

Derweil hat sich der Bertl im Tanzsaal neben der Wirtsstuben gedreht wie ein Kreisel und Geräusche von sich gegeben wie ein Hirsch in der Brunft. Wie er angefangen hat, die Sessel und die Tisch umeinander zu schmeißen in seinem damischen Anfall, hat sich der Gendarm derbarmt und ihm eine Faustdetschn zur Beruhigung gegeben, dass es ihn niedergesetzt hat. Der Bertl hat sich das Kinn gehalten mit einer Hand und durch den Gendarm durchgeschaut, als ob er gar nicht da warat.

„I moa, der hat an ganz grobn Pecka, i bring eam zum Dokta", hat der Gendarm mit einem mords Grinsen im Gesicht gesagt und befohlen: „Höfts ma!"

Draufhin haben sich der Pfarrer und der Taxler-Rudi die Tränen vom Lachen aus dem Gesicht gewischt und den Bertl auf die Füße gestellt, wo er aber nicht bleiben wollt. Immer wieder ist er den drei ausgekommen und auf den Boden gekippt wie ein Sack Erdäpfel, den man nicht richtig an die Hausmauer angelehnt hat. Endlich haben sie ihn doch in den VW Käfer draußen hineinbugsieren können, und der Gendarm ist mit dem Bertl auf der Rückbank weggefahren. Ganz langsam.

Wie der Pfarrer und der Taxler-Rudi wieder hereingekommen sind ins Wirtshaus, sind schon zwei andere herumgesprungen. Nämlich die Mutter und die Pfarrersköchin, die Fanni. Der Wirt hat das Radio aufgedreht gehabt und die zwei mit nasse Augen angestarrt. Dabei ist ihm die Zunge herausgehängt wie einer Kuh, die zufällig einen Leckstein für die Rehkitz gefunden hat. Die Mutter und die Pfarrersköchin haben getanzt zu einem ausländischen Schlager, der so ähnlich geheißen hat wie „Tschelhaus Rack". Sie haben sich mit die Arme gegenseitig festgehalten und gelacht, gebrüllt und geschwitzt. Ihre Dutts sind aufgegangen und die Haare bis zum Arsch heruntergehängt.

Mir ist vom Zuschauen schwindlig geworden, und deshalb bin ich brunzen gegangen. Das Häusl vom Kirchenwirten hat immer ordentlich gestunken, drum sind die Leute nie länger drin geblieben, wie dass sie für das Geschäft unbedingt brauchen. Deswegen hat es mich schon gewundert, dass ich den Onkel Karl, der was die Klara gestochen hat, und die Frau Lehrerin von unserer Klass, hinter der eigentlich der Bertl her war, drin find. Der Karl ist auf dem Scherm gesessen und hat Hoppahoppareiter mit ihr gespielt. „Hühott", hat der Karl dauernd geschrien und der Frau Lehrerin mit beide Händ auf den pudelnackerten Arsch gepascht. „Schleich di, deppata Bua", hat die Lehrerin zu mir gesagt, wie sie mich gesehen hat.

Weil es schon recht pressiert hat, aber ich nicht schiffen hab können auf dem Häusl, wollt ich gleich wieder zurück in die Wirtsstuben und hinaus zur Haslstaudn in den Gastgarten. Das ist aber nicht gegangen, weil es grad jetzt einen lauten Tuscher gegeben hat hinter der Scheißhaustür. Ich hab gedrückt und gedrückt. War nix zum Machen mit Aufmachen. Hinter mir der Karl und die Lehrerin, die wiehert wie der Esel vom Kohlenfahrer, vor mir die Tür, die was nicht zum Aufderdrucken ist. Mir ist ganz ungut geworden. Dann hats noch einmal gerumpelt, aber nicht so laut wie vorher und ich bin endlich hinausgekommen. Liegt da neben der Tür der Pfarrer am Boden wie tot. Grad davor steht der Taxler-Rudi und reibt sich die rechte Faust mit der linken Hand und schreit hinunter: „Du fette Grod greifst ma nimma aufn Schwanz!"

Der Vater hat das alles nicht mitgekriegt. Er hat sitzert mit dem Kopf auf dem Stammtisch geschlafen, weil er zur Feier des Tages eine Halbe Most nach der anderen hinuntergeschüttet hat wie eine Fräsen. Der Franzl ist auf der Bänk gelegen, den Kopf auf dem Vater seinem Schoß und hat auch geschlafen. Und weil die Mutter mit der Fanni in den Pfarrhof abgerauscht ist, war sie auch nicht zum Haben.

So bin ich dann in der Finstern allein hinaufgegangen zum Hof. Wie ich oben war, hab ich was gesehen, dass es mich herbeutelt und gerissen hat wie den Schwanz von einer Bachstelzen. Glaubst es oder nicht, aber der Misthaufen hat geleuchtet. Da mehr, dort weniger. Ich war wie elektrisiert. Weil der Misthaufen hat gestrahlt wie dreimal Weihnachten, so, als ob ein riesiger Igel in einer Steckdosen schnofelt!

Kategorisierung: Stausee. Finaler Dammbruch.

Der Tod der Sau läutet das infernalische Ende ein. In einer apokalyptischen Untergangsszene versucht der Eros ein letztes Mal, seinen Antagonisten Thanatos zu besiegen.

So lange sie auch dauern mag, so schnell ist die Vergangenheit begraben. Die Überlebenden finden sich ein zum letzten Abendmahl, sie nehmen und essen alle davon, denn für sie und für alle Trauergäste ist das Fleisch der Sau hingegeben worden. Im katholischen Ritualkontext der Zehrung erfährt das erneut sittenwidrig instrumentalisierte Saufleisch (vgl. Kategorisierung „Endelemente") eine Transsubstantiation hin zum psychoaktiven Schweinsbraten.

Eine Xenotransplantation der etwas anderen Art: Nicht ein Spenderorgan, sondern das Fleisch eines Schweins gerät in den Körper des Trauerkollektivs und zeitigt dort Abstoßungsreaktionen, die mit dem Wort „Exzess" nur mangelhaft zu beschreiben sind. THC erweist sich erneut als intersubjektiver Handlungskatalysator: Hier schwächt es das moralische Immunsystem der Akteure und vereint sie in einer finalen Bestattungsorgie.

Narratologisch gesprochen: Der Tod der Sau ist die Axt für das gefrorene Meer in den Seelen der Protagonisten. Das tote Schwein ist der Fleisch gewordene Traum der Vernunft, sein Verzehr gebiert Ungeheuerliches in der pittoresken Qualität eines Goya. Die apollinische Ordnung wird am dionysischen Rausch zuschanden; semantisch klug beschreibt dies die musikalische Assoziation, die eine homoerotische Entgleisung von Mutter und Pfarrersköchin initiiert.[39]

Ihr geht die Entrationalisierung des Knechts voran, der aufgrund des Substanzmissbrauchs der Sau seiner humanoiden Kommunikationskapazität und motorischen Kompetenzen verlustig geht. Seinem veitstanzartigen Treiben[40] folgt der robust-manuelle Eingriff des exekutiven Regulativs, das jedoch die narkotische Sedierung nicht gänzlich bewerkstelligen kann. So wird nicht nur der Geist, sondern der gesamte Leib des Knechts vom Schauplatz entfernt.

Einzig der Erzähler hat sich dem nahezu kannibalisch-carnivorisch anmutenden Mahl an der Sau enthalten. Er fungiert als objektivierende Beobachtungsinstanz und wird erneut zum Opfer einer – diesmal geschlechtlich paradoxen – ödipalen Störung. Die wiederholte sexuelle Deviation der matriarchalen

[39] *Friedrich Nietzsche. Die Geburt der Tragödie aus dem Geiste der Musik. München, 1954. Vgl. auch Elvis Presley, Jailhouse Rock. Graceland. 1957.*

[40] *Besonders in angloamerikanischen Interpretationen der „Sau" wurden die vorangehende sexuelle Entgleisung des Knechts und sein psychomotorisches Fehlverhalten in diesem Kapitel als Symptom einer manifest werdenden Chorea Huntington interpretiert. Diese neuro-degenerative Exegese ist jedoch eine biologistisch-interpretative Einengung der komplexen Diskursebenen dieses Textes. Zudem entspricht die Symptomatik doch viel eher der spinozerebellären Ataxie. Vgl. Olivia Sacks-Salls. Morbus Huntington in Job Faustinger's The Sow. In: SocialText. Duke University Press, 2008.*

Disziplinarinstanz und deren Rückzug aus dem Handlungsgefüge reflektieren die moralische Agonie der Trauergemeinschaft. Der Erzähler versucht sich in einer Übersprungshandlung, doch WC-Sturm und Harndrangs-Linderung scheitern.

Die Aberration auf dem Abort macht den Lokus zum Ort des Endes bislang valider soziologischer Codes. Der Dekonstruktivist Karl gewinnt hier die Macht über die personifizierte pädagogische Deutungsinstitution und attackiert den Lehrkörper heckseitig. Simultan geschieht der finale, manuell herbeigeführte Kollaps klerikal-phallozentristischer Verfügungsbestrebungen.

Das Schlummern patriarchal induzierter Hegemonialgewalt hatte sich zuvor schon abgezeichnet und wird hier evident. Vater und Bruder ruhen in Morpheus' Armen, dem kleinen Bruder des Todes.

Der unbeteiligte Beobachter kehrt resignierend dem Verfall den Rücken, nicht ahnend, dass auch zuhause schon die fundamentale metaphysische Obdachlosigkeit postmoderner Subjektivität waltet. Die lange Nacht der Vernunft, die Sinnfinsternis bricht an. Der durch fluoreszierende Fäulnis mysteriös illuminierte Misthaufen ist ihr Menetekel.

Heiligsend

„Vater, Vater, VATER, heast mi? Woch endli auf! … Es is ois finsta! I bin so miad, i mog ham. I wü ins Bett."

„Jo, jo, Franzl, wort a wengal. … Hagottsakrament, hau i an Teifi, mi drahts vielleicht …

Steig auffi, Bua – oda woaßt wos?!, … i glaub es is gescheida, Franzl, du fahrst heit in 18er … weu i hob afoch zvü Most dawischt."

„Ja, Vater, des bring i scho zaum ."

Vater und Sohn von Traktor erschlagen

Ausgerechnet auf der Heimfahrt vom Begräbnis der Altbäuerin, Cäcilie F. (70) aus M[redacted] verunglückten vorgestern in den späten Abendstunden deren Schwiegersohn und Enkel tödlich. Der Traktor, mit dem Josef F. (44) und sein Sohn Franz F. (10), unterwegs waren, kam aus bisher noch ungeklärter Ursache in einer engen und steilen Kurve des geschotterten Mayrgut-Güterwegs von der Fahrbahn ab, geriet in Schieflage und stürzte über die Böschung. Die beiden Insassen wurden von dem Steyr 18, der über keinen Überrollkäfig verfügte, erschlagen und waren auf der Stelle tot, wie das Landesgendarmeriekommando O[redacted] mitteilte. Landwirt Adolf F. hinterlässt Gattin Maria (43) und Sohn Hiob (12). Aus diesem Anlass, und nachdem er den Hinterbliebenen umgehend sein zutiefst empfundenes Beileid ausgesprochen hatte, erinnerte Agrar-Landesrat Heinrich Glänzer eindringlich an die von ihm aus der Taufe gehobene Förderaktion der Landesregierung zur Nachrüstung von ausschließlich landwirtschaftlich genutzten Traktoren mit Überrollkäfigen.

25 Prozent der Kosten übernimmt das Land, wenn ein entsprechender Antrag in der landwirtschaftlichen Abteilung des Landhauses unter Wirkl. Amtsrat Josef Bieringer gestellt und mit Stempelmarken im Wert von öS 7,50 vergebührt worden ist.

aus der [redacted] *Rundschau*

Heute

Dr. Hiob Faustinger (58)

Was seit dem tragischen Unfall geschehen ist, schulde ich noch zu berichten:

Meine Mutter verkaufte den Hof an den Fleischer Onkel Karl und seine frisch angetraute Frau, meine ehemalige Volksschullehrerin. Die beiden stellten auf biologische Nutzpflanzen-Samenzucht um. Sie waren und sind damit durchaus erfolgreich auf dem Markt.

Nach der Tragödie zogen meine Mutter und ich in die Landeshauptstadt, wo ich das humanistische Internat der Kreuzbrüder besuchte. Anschließend absolvierte ich das Studium der Biologie in G[redacted], wo ich zum Thema „Vision sus-humaner Xenotransplantation" habilitierte. Heute leite ich für den Konzern B[redacted] mit Sitz in Z[redacted] die Forschungsabteilung für medizinische Gentechnik. Ich bin überzeugt, dass in absehbarer Zeit ein Paradigmenwechsel in der Mensch-Tier-Beziehung vonstatten gehen wird, über dessen umwälzende Bedeutung für die Gesamtgesellschaft ich noch schweigen muss.

Der Pfarrer aus M[redacted] beantragte sofort nach seinem eindrücklichen Erlebnis damals seine Versetzung, der recht rasch stattgegeben wurde. Lange Jahre hörte man nicht viel von ihm. Nur kurz war er im Gespräch, Weihbischof in L[redacted] zu werden. Er betreut weiterhin eine kleine Pfarrei im Süden des Landes.

Unser damaliger Knecht Bertl begann nach seinem Aufenthalt in der Psychiatrie im Bauhof von W[redacted] zu arbeiten. Er war lange Jahre Vorsitzender der Landesgewerkschaft der Gemeindebediensteten.

Rudi fährt nach wie vor Taxi, mittlerweile einen C-Klasse-Mercedes.

Der Gendarmerieinspektor aus M[redacted] wurde frühzeitig pensioniert und beaufsichtigt seither erfolgreich eine Schrebergartensiedlung in H[redacted].

Das Schicksal der Pfarrersköchin Fanni ist mir nicht bekannt. Sie hat meine Mutter in L[redacted] nur einmal für wenige Stunden besucht, kurz nachdem sie von der Diözese gekündigt worden war.

Meine Mutter ist kürzlich im Alter von 78 Jahren an Alzheimer verstorben. Die letzen Monate hat sie mich nur noch Franzl genannt.

Ich bin unverheiratet, Nichtraucher, Antialkoholiker und Vegetarier.

Dank

an:
Reinhard P. Gruber & Jacques Derrida *für die Vorbildwirkung,*
Josef Goldberger *für die Schlachtberatung,*
Adrian Hofmann & Thomas Northoff *für das Lektorat,*
Günter Linecker und das Team *vom Kehrwasser-Verlag,*
Sabine, Daniela und Cordula Meindl *für humoristische Schwesterlichkeit,*
Volker Weihbold *für die Autorenporträts,*
Gerhard Willert *für die Retro-Grafik sowie*
das Publikum bei den Postskriptum-Poetry-Slams und der Linzer Lesebühne *für den Applaus bei den „Sau"-Lesungen.*